不写，有些可惜

冬冬 著

山東畫報出版社
济 南

图书在版编目（CIP）数据

不写，有些可惜/冬冬著.--济南：山东画报出版社, 2022.12
ISBN 978-7-5474-4393-4

Ⅰ.①不… Ⅱ.①冬… Ⅲ.①散文集－中国－当代 Ⅳ.①I267

中国版本图书馆CIP数据核字(2022)第197978号

BUXIE YOUXIE KEXI
不写，有些可惜
冬冬 著

责任编辑 怀志霄
装帧设计 王 芳

主管单位 山东出版传媒股份有限公司
出版发行 山東畫報出版社
社 址 济南市市中区舜耕路517号 邮编 250003
电 话 总编室（0531）82098472
市场部（0531）82098479 82098476（传真）
网 址 http://www.hbcbs.com.cn
电子信箱 hbcb@sdpress.com.cn
印 刷 济南新先锋彩印有限公司
规 格 787毫米×1092毫米 1/32
9.5印张 17幅图 134千字
版 次 2022年12月第1版
印 次 2022年12月第1次印刷
书 号 ISBN 978-7-5474-4393-4
定 价 68.00元

序

我的从前，你的过去，深埋的千般失落，吹散的万种荒谬，我来不及写；我的此时，你的此刻，正有一颗流星划过天空，一道闪电离弦飞射，我来不及写；我的明天，你的未来，正于一个人大梦方醒，一个人睡眼惺忪的差序中逐渐建构出来……这些，我都来不及写。

那我就来写一写我们的眼睛吧，你与我所看到的每一个字，都是你我曾看到的样子，我试图去创造这一刻的共处，这一刻，既是瞬间，也是永恒，到星河鹭起，到太阳死寂。

我想，这般记录，就是写作的意义吧。

目录

不写，有些可惜

人类为什么要书写？用文字去给人类的过往做注脚？还是想要留下惊世之作后的功成名就？抑或是单纯的书写冲动所致？要是有人问我为什么去写，我可能会说：不写，有些可惜。

可惜的是什么？是一段段的故事，一抹抹的忧伤，一场场吟风弄月的缺憾，一次次痛饮酒后的忏悔，和一首首情歌的欢喜与荒凉，这一切都将在百年之后，随着一场秋风秋雨，安眠于大地。《安娜·卡列尼娜》开篇写道："幸福的家庭都是相似的，不幸的家庭各有各的不幸。"这句话用在书写这件事情上，也未必不准确。在各种各样的不幸中如何呵护不幸，构建爱的城邦，可能是我在敲打键盘时最主要的动力，也可能是我唯一将看到的希望。

书写就像是倒嚼，那些陈芝麻烂谷子的旧事一股一股地向上翻，你还要不停地咀嚼咂么滋味。书写像是站在自己的对面，不断地审视纠偏，同时不断地自我和解，犹如你的右勾拳打到了自己的颧骨，下一秒你便会张开双臂，安抚战栗的身躯。书写要安静，安静到可以站在湖边，看这水天一色的画卷，安静到湖面再无波纹，低头能看到少年时的面庞。当然，暴风雨来临时，大可不必写作，谁也不想看到湖中的少年被雨水打得满目疮痍。书写也要取舍，要取来好故事，要舍去一些不为人知的欲言又止，这些支吾其词我不写，不代表没有。夜深了，它们会在字里行间偷偷地溜出来，在你快要醒来时，它们会悄悄地合上书，和你道一声“早安”。不写有些可惜，确实如此。

写一只猫吧。写一只没有生育能力的猫，在它生日的当天，被我放在宠物医院，割去了它的一对玻璃球。此后，只要我唤它的名字，它八成会跳到我的怀里，午休的时候它只许我打盹，不许我做梦，爬到我的胸口，爪子隔着背心抓着我的皮肤，“呼噜噜”地与我共眠。看书时，它会跳到书桌上压住我的笔记，它真爱学习，或许更爱吃醋。两年多，我从未与它分开，而现在，分开已有许久。那么，写一只猫吧，写它湿润的鼻头，写它的星座，写那条被玩臭了的鞋带，写一只捕蝇高手，写一只掉毛怪，写一只娇生惯养的混蛋。

写猫太矫情了，写一个人呢？写父亲怎么样？写父亲吧。父亲可是我们家族的骄傲，他一路从农村走来，坎坎坷坷十分不易。他带着我东奔西跑，相互拭泪，他与我母亲的离异加快了父子两人成熟的脚步。大多数人，在通向成功的路上总是呈波浪形上升，父亲也是一样，看到了人间百态，世事炎凉，唯情可化。话说回来，如何定义父亲"成功"呢？这根本没有统一的理想模板。无论怎样，还是写父亲吧。他从小的梦想就是坐一次拖拉机，他或许如愿了，但那天的终点则是火葬场。就写父亲吧，写他举杯之时的激昂，写他落寞的背影，写一位孜孜不倦的青年，写一位"不得要领"的画家。

还是来写一朵花吧，因为花就是女人，我喜欢花，就写它了。写它，写它娇羞的"花蕊"，写它的形状，写它如何定义了爱情的初春又如何印证了爱情的衰败。拆开一束包装完好的玫瑰花，你不要在乎它的颜色，怕是颜色会勾起你的情欲，也不要在乎它有几朵，无论几朵，都是你最迷恋的那朵。确定就写它了，因为我可以看它从绽放到凋零，从万众瞩目到无人问津，从心心相印到遥遥相望，辗转一生。就写玫瑰花吧，用它去描绘出一位女人，写她的娉婷婀娜，写她的美人迟暮。

写花要写到朝荣暮落，实在是凄凉，那写季节吧。写季节好不好呢？也好，春夏秋冬四季的更替，就算遗憾也是短暂的。就像春天，风吹动了春的和煦，夏天，和煦点燃了情人的发梢，秋天，发梢里的松鼠拨乱了心跳，冬天，心跳平静，迎接着春的和煦。其实，一年四季，我最喜欢的就是秋天，我写秋天写得多。秋天，是烟雨浇熄了夏季的火苗，是火苗铺上了一层深灰色，是深灰色倒映出来一段淡黄的故事，是一段故事随着季节交替的脚步渐渐清晰，又随着秋风秋雨缓缓飘去。就写秋天吧，就写这个写也写不清的季节，就写这种道也道不明的情绪吧。

我写了物，写了人，也写了景，写写这个世界吧。这个世界怎么样呢？不管世界怎么样，也可以找两件事情试着写一写。那么，就写这个世界吧。写这个世界的年轻人，写这个世界的夜游神，写记忆中的世界如何变成了碎片；我想写戴着面具的风云人物是怎样的虚伪；我想写运动员，想写冠军，想写他们所追求的意义，和收获的贫乏；我想写孤独，我想写自由，我想写美丽……我想写的还有很多。但我怕自己讲不好故事，反倒赔了夫人又折兵，搬砖砸脚。到底写不写呢？拽拽上衣，还是写吧，毕竟还有诗人，他们会再次昼夜抒情，毕竟还有哲人，他们不会失语，毕竟在沥青路面还会再次孕育出百合花。

我写了那么多，有些累了。我趴在书桌上，昏昏沉沉，一段段少年时光的回忆浮现眼前，我走到了姥姥家的石子路上，与表妹埋葬我们的小仓鼠……我走到了济南，在高空眺望曾经的街道……我走到了校园，我看到自己白天逃课打球，半夜写诗作画，偶尔还被自己感动得泪两行……此时，我走到了青春的迷茫时刻，我看到了自己从宿舍翻墙出去喝酒，看到了路上行人匆匆，灯红酒绿，唯有青春不可辜负……咦？不如写写自己吧，写自己也好，自己的故事也不少。可是问题来了，写自己的故事往往会深陷在过去的回忆之中，这些回忆大半是遗憾的、心痛的，不明白人类为什么对痛苦的记忆会这样的深刻。不写确实有些可惜，你看看，你想想，这些故事不就是我们大多数人身边的故事吗，不就是你我的故事吗？那就准备开始写吧，绞尽脑汁，费尽心力地去写，写累了去擦擦汗，擦擦泪，抿上一口凉透了的咖啡，给你一份安定，给你一份苦涩。三十年的人生，哪里来的那么多痛苦？就没有欢乐吗？没有幸福吗？没有希望吗？有，当然有，这些欢乐，这些幸福，这些希望，都交织在每一年、每一天、每一秒的日子中。日子到处都是紊流，他们相互掺杂，互为渗透。久而久之，故事就此形成，你也就成了你。

上面说的“不写有些可惜”，这句话没有讲得太明白。大概看上去，我迫不及待地想去写，是为了不留遗憾，硬要这样说也没错。但是我知道，关于我想去写这件事，最重要的动力来自我本身，其实就是单纯地想写了。写它舒服，写它痛快，写它是身体里滚烫的能量向天空喷射，雀跃地迸发，炸开自己，将自己还给银河，还给星际，还给街头和巷尾，还给长亭与古道。

写作的冲动自打我小时候就有。

大概小学四年级，我在语文课上学习了毛泽东的一首诗——《卜算子·咏梅》，诗中的一句“待到山花烂漫时，她在丛中笑”，让我想象到了不少的画面。这个“她”当然是指梅花，可我看到的“她”，却是一位女性或者说是一个女孩。我意识到，她很漂亮，和我年纪相仿，侧脸红润，明眸皓齿……但是她很快就飘走了，只因为“她”藏在诗句中，所以，诗中“她”并不是人，而是梅花。我索性就重新按照诗的模板又写了一首，最后一句是“体育生涯灿烂时，她在丛中笑”。这个结尾我很满意。当然，没过多久，因为早恋的问题，被父亲痛打一顿。

之后，我开始对语文课上老师布置的作文下手了，起先是流水账式的写法。比如，题目是“周末的一天”，周末的一天我能去干什么呢？在家里听广播？做家务？出门打篮球？打篮球不错，那就写打篮球吧。所以，周末我约上了几位同学一起去体育场打球，当然，少不了女同学，这可是我打球的动力。和所有学生一样，打完球回到家，提笔就挠头。要怎样去写呢？写好了人物、时间、地点、事件等，再写点儿什么呢？写进了几个球？不行，风太大了，这次打球没进几个；写有一位男同学的母亲总是跟着他，给他擦汗倒水？不行，我压根就瞧不上那个孩子，打起球来像个面瓜，拿到球还得扫一眼母亲，等待她下令传球还是投篮。那我就写女同学吧。不错呀！就写她吧……

我写了与她一天的相遇，用零花钱给她买了饮料，写了她给我加油鼓劲儿，写了打完球送她去公交车站，但却下起了小雨，写她在雨中的眉飞色舞，写到了我忘记从球场拿走篮球，写到了我在公交车的车窗内望着雨水，雨水落在车窗上，又分别从两侧汇集到一起，匆匆滑下。最后，雨过天晴，篮球依旧独自在篮筐下面，通往北侧大门的路上有两串脚印，后来它们越来越近，止于公交车站……

周二的某个课间，语文老师把我叫到办公室。我一进去，其他的老师都冲我怪异地微笑。我先前就有些预感，大概知道会是这样的情形，老师们的表情都像是在说：呦，就是这小子写的啊。

“你这篇写得很好。”语文老师说，“但是……呃……”

老师顿了一下，此时，所有老师都把手上的工作放下了，有的假装在翻阅资料，有的漫不经心地喝茶，有的干脆直接看向我们。

“好是好，不过，这个小女孩是我们班的吗？”老师上下打量着我。

“不是，不是我们班的，是别的班的。”我小声说道。

“写得确实不错。”老师再次强调。“我喜欢你的开放式结尾，刚才我也给别的老师看了，他们都在夸你，不过……算了，本来想下节课让你读呢，但是有位女同学是不是？”老师有些不怀好意笑着。

“老师，我下次一定好好写，您放心。”随后，老师便让我出去了。

过后的几天，我一直很兴奋。写得舒服，写得坦荡，又有人欣赏，还有什么事比这更美妙吗?

我对写作的热情越来越高。我开始读起了言情小说、武侠小说。有一个周末，我看到了电视上在播《神雕侠侣》。我想，我爱上了小龙女，我一定要给她换一个故事，女主角一定要像她一样袅袅娜娜、冰清玉洁。男主角是谁呢？肯定要具备人类所有的才华与道德，要英俊，要有勇气，要行侠仗义，要嫉恶好善无所不能，这样才能配得上小龙女。我回到书房，拿起一摞新的信纸，开始写起来。写了几十张，写累了，也写得有些晕了，写得倒是很爽，但是整个故事的框架已经摇摇欲坠了。我发现，自己对结构的掌握很不擅长。我有些丧气，也就没继续写下去。

又过了一段时间，我开始进入半专业的体校生活，每天在学校和体校两地往返，写作热情消减了不少。那年夏天，有一个“春蕾杯”征文大赛，我们学校所有的学生都参加了，题目应该是与2008年北京奥运会有关，我记得我写的是福娃五兄弟。那天的写作状态很轻松，随便编了一个故事，一气呵成。当然，加上了自己最擅长的开放式结局。写完了也没当回事，跑回体校训练去了。

几周之后，我又站在了语文老师的办公室，因为转了学，这次的老师是一位戴着圆圆的眼镜，可爱娇柔的女人。

“你为什么总是不写作业？上次我找你们教练了，他说你们的训练很累。我想，你们是不是应该先把作业完成呢？”老师皱着眉头，说话倒是轻声细语。

“我们训练确实很累，回到宿舍就不想写了。”我歪着头，装作若无其事，学着那些差生们不屑一顾的姿态。环境真的会改变一个人，特别是一个即将走向青春期的少年，至少在表面上是这样的。

“你要多为自己想想，有些人注定是要练体育的，而有些人，可能做别的更适合他……我说什么，你应该明白吧？”老师的嘴唇很光滑，像粉色玫瑰翻起的花瓣。她注视着我，眼神一刻没有从我脸上挪开。

我的脸滚烫，有些羞耻，老师的话让我的伪装不堪一击。我垂下头，看向老师的书桌，一声不吭。

过后，老师从抽屉里拿出一张红色对开的证书，推到了桌角。“看看这个，再想想我说的话。我觉得，你去好好地上学会更好。”

我拿起证书，上面印有我的名字，下面写着全国“春蕾杯”征文大赛优秀奖。证书右上角写着我们学校的名字。

“你知道吗？我们整个学校就你一个人获奖，整个海淀区也不过几个。”

拿到这个证书之后的几年里我没有再写，写作的第一阶段在此结束了。在这个阶段，我经由文字表达了一位少年的体验与直觉。这种书写的冲动是自然而然的，是从一开始就在那里的，没有特定的风格，没有特别的文采，没有强力的内容，有的可能就是那股少年自带的能量。

直到今天，我依旧十分怀念少年时期热爱写作的日子，觉得不写有些可惜，不写无所适从，不写无法表达，因此，不能不写，也不得不写。

在体校里，我书读得越来越少，写作的冲动也被全身的肌肉酸痛消磨殆尽。但是日常的生活经验、集体的共处对我日后的写作起到了帮助。

我总认为，大部分优秀的作品都是人生经历了悲苦和欢愉有感而发，这些作品不受任何形式和风格的桎梏，这些作品也总会带给我们某种启发，指引我们走向人迹罕至的那条小径。

再次写作，是研究生考试落榜之后。5分之差与研究生失之交臂，这倒也不是坏事。总之，考完试一身轻松，当时也正是新冠疫情最严重的时期，我把从前想读却没有时间读的书全部读完。有意思的是，读着读着我就开始想写，从清晨的路灯刚刚熄灭写到万家灯火。能写真好。

由于长时间没有写，那些多年被压抑的写作本能全都迸发出来了，所有的日常生活，所有的一切对我来说都是刺激，刷牙的时候也写，上厕所的时候也写，在家用电脑写，出门就用手机写。这段时间，我还试着写了一些歌词，给身边的一位编剧看过，她十分喜爱。有首歌是日本女歌手山口百惠演唱，佐田雅志作的词曲，因为迷恋它的旋律，我就擅自把歌词填成了中文，全文是这样的：

枫叶飘窗外，摇晃梳妆台，晚风唱独白。

钢琴旁的布，你的旧礼服，满地的孤独。

我忍不住，恍恍惚，听到你，熟悉的双重奏。

你却冷冰冰，不回头，我一人固守。

空荡的街头，遥望这迷途，谁能陪我走。

没有人守护，院子里的树，像一块朽木。

你知道吗，这瞬间，就像是，刚见你那一幕。

眼神闪烁不迷茫，生命划过一道光。

若要自由自在地漫步，愿你终点不迷途。

你的守护，我相信，是你的自负。

答应我不必对自己伤害，收起骄傲的衣摆。

爱情何必洗礼，总会把你忘怀，再遇到星辰花，不忘它。

深色的大海，月光很苍白，回忆随风来。

沙滩脚下踩，贝壳冲上岸，耳语低声谈。

我只听见，翻滚的，那海浪，又一次在诉苦。

冷风醉沉沉，缓缓吹，风景是迷雾。

空荡的街头，遥望这迷途，谁能陪我走。

没有人守护，院子里的树，像一块朽木。

你知道吗，这瞬间，就像是，刚见你那一幕。

眼神闪烁不迷茫，生命划过一道光。

若要自由自在地漫步，愿你终点不迷途。

你的守护，我相信，是你的自负。

如果爱天长地久终有时，此恨漫漫无绝期。

落雪天空，你的名字，回响在山谷中，再见吧……

写完歌词不满足，我又试着写了一点诗。在我看来，这些都不算是诗，现代诗没人这样押韵，这些顶多是rap诗，比如下面几首：

夜雨萧瑟

今夜，我闻到了潮湿的泥土芬芳。

不久后，便听到了雨滴敲击窗台的明亮。

除此之外，在远处，“哗哗”的群雨好像迷醉的肖邦，音浪并不高昂，倒有些故弄姿态，欲盖弥彰。

这是雨水落地的声波，穿越了时空的回响。

此刻，一群游荡的灵魂刚刚散场，没有屋檐容我躲藏。

索性，我踉跄地走在无人知晓的胡同里，悠然歌唱。

淋湿了双脚，酒神恶煞露出锋芒。

我鼓起双翼，摆动翅膀，肆意飞翔。

此刻，我站在阳台上，凝望迷雾，吸入离愁，呼出悲凉。

我曾在此颔首回眸，也曾春心荡漾。

瞧那路灯下，溅起的一簇簇小小忧伤。

这水花，试图唤起流浪诗人，永恒的遗忘。

这雨夜，今日尤为漫长。

少了些青涩的仲夏滚烫，添了件厚重的时代行囊。

我是海子，但我不曾断肠。

我是丽娘，何须还魂梦梅郎。

我是云霞之王，是落雨后的斜阳。

我是半糖时光，许你若有似无的伤。

我是无数个奔跑中，不曾回头的年少轻狂。

下面两首则没有题目。

其一：

时光匆匆伏笔，至于热血，留在回忆。

下玄月，仲夏升起。

打乱青涩的过往，追随懵懂的印记。

月儿孤单吗?

嫦娥轻声叹息，后羿穿梭于天际。

是啊！你我只是滴水的涟漪。

青春鞭策了一颗心，北风吹乱了发髻。

是谁在悲怆年少的欢喜，又是谁在巧夺浮梦的欢愉。

是你，是我，是浪荡的不羁！

其二:

世界很空。

网络的丝巾，阻碍了我们的邂逅。

它缠绕，是谁竭力哀求?

世界很空。

就像到达不了的暗号，时刻在心中围绕。

眠冬，还有七个月骄傲。

你的衣钵，是我梦寐的依靠。

世界很空。

阎良酒肉，如此荒谬。

借酒消愁，也等不来你一瞥、一眸、一言、一笑。

世界很空。

浪漫的日子里，把酒欢笑。

梦醒时，你在天涯，我在海角。

说到底，这些诗也没什么不好，如果我是个饭店老板，我就把“阎良酒肉，如此荒谬”贴在菜单上；如果我是娱乐公司的策划，我就在公司的网站上标注“是谁在悲怆年少的欢喜，又是谁在巧夺浮梦的欢愉”；如果我是航空广告的设计师，我完全可以把“梦醒时，你在天涯，我在海角”印在座椅后侧。一来二去，这些吟风弄月的小诗也挺有意思。不写确实有些可惜。因此，我从不拘泥于任何形式的写作。写作，既不能避重就轻，也不可拘挛补衲，它终将会带着阅读的积淀与日常经验的顿悟，提着灵巧的构思，携人世间的悲欢离合，扶人类精神之希望，洋洋洒洒。

每一个人对于文学作品的偏好不尽相同，日常的零星经验会自动地带领你选择要去阅读的书籍，这是必然的。

在你书写时，你的许多文字也都是从大家那里“借”来的。中小学期间，我“借”得比较多，前几年，这种行为可能不叫借了，用“临摹”一词可能更加准确。最近这两年，我就索性由着性子写，把自己写舒服了，能过自己这一关了，也就算是功德圆满了。我很明白，这种直觉大于逻辑式的写作会让整个文章显得比较虚，看似文风涣散龙骨脆弱，但我并不这样认为。最近，正好读到《全球真实故事集》，吴琦有一篇文章，题目叫《真东西》，讲到他大学期间被自己毙掉的一篇论文，论文内容试图分析贾樟柯导演的《站台》。“我当时似乎是想说，作为年轻的观众我未必能够全部理解贾樟柯镜头里的80年代青春，但通过那些影像和声音的碎片，以及经由它们创造出来的情绪、氛围和印象，也能构成历史记忆。哪怕这种记忆的强度随着代际更迭而减弱，也是不幸中的万幸。最后我还是担心这种论调是用懒惰的直觉掩盖分析的短板，于是按照更加周正的逻辑，写了一篇严丝合缝的论文交了上去。”吴琦所说的“懒惰的直觉掩盖分析的短板”，与我写作的偏好有些相似，当然，在他的叙述中，是在拥护这种懒惰的直觉。我在写作时，首要遵循的底线就是真实，我说的真实，是真正的有感而发。《毛诗·大序》里面说“情动于中而形于言”。当你心中有了真实的感动，你才能够书写出来，这种真实的感动大部分都是出自本能、直觉。

要是有人问我，你最喜欢哪个作家？我喜欢的确实也不少，璀璨的作家有很多，但大多数时候，我喜欢的只是某位作家的某一本书，某一本书的某一段，甚至某一段中的某一句。在林徽因的散文《窗子以外》中，有一句“你气闷了把笔一搁说，这叫做什么生活！你站起来，穿上不能算太贵的鞋袜，但这双鞋和袜的价钱也就比——想它做什么，反正有人每个月的工资，一定只有这价钱的一半乃至于更少”。我知道她的鞋袜不便宜，她要走出窗外，窥探世界也好，体验生活也罢，这些我都能感悟，只是她的“鞋袜”莫名地让我面红耳赤……话说回来，下面几位作家我还真的十分敬佩。

有一位年纪与我相仿的作家，叫陈春成，在阅读《夜晚的潜水艇》这本书的时候，每时每刻我都在惊叹，这家伙是怎么想出来的！在《传彩笔》中，他把写作这件事转移到了一个我们极少去触及的维度，那就是时间与空间。

其实，我并没有太过于在乎文章的主题或内容，倒是他的文字让我沉醉、兴奋，先不说故事里的老叶选不选择那只笔，单单下面的一小段，足以让我达到阅读的高潮。

> 我先是试着写了一秒钟。也就是说，我写下了这一秒钟内世界的横截面。蜻蜓与水面将触未触，一截灰烬刚要脱离香烟，骰子在桌面上方悬浮，火焰和海浪有了固定的形状，子弹紧贴着一个人的胸膛，帝国的命运在延续和覆灭的岔口停顿不前而一朵花即将绽放……我试图立足于有限的时间里，来用文字笼络住无穷的空间。用去半年，写了几万字，文体难以命名。然后我又写了一立方米。也就是说，写了过往岁月中这一立方米内发生过的一切。填满过它的有黑暗，海水，坚冰，土壤。一只雷龙的嘴部在其中咀嚼银杏叶子。岩浆在其中沸腾。雪峰的尖顶在其中生长。头盔上的红缨。刀剑的光芒。蝴蝶在其中回旋了片刻。一支箭，一只隼，一抹云，一道闪电穿透过它。一对情侣的唇在其中触碰，又分离。现在它就在我书桌上，被一盏台灯的光给注

满……但这些仍不能让我满意，笔力得不到充分的驰骋。我明白主题并不重要，歌颂英雄的功绩和赞美冬夜的被窝并无高下，重要的是主题的完成是否完美。

这样通透的阅读体验，这种书写的淋漓畅快，无不让我着迷、嫉妒。所以，陈春成是“非写不可”，而我则是“不写有些可惜”。

能写出具有丰富想象力的作品让我十分羡慕，除此之外，我认为，还有一类作品让我心动，让我热泪盈眶。我记得当时买《页页情书》时，首先吸引我的是书名，王蒙老师的名字只是让我坚决付款的最后一根稻草。这类作品的心动与《夜晚的潜水艇》不一样，《页页情书》具有某种绽放生命的特质。一位八十多岁的老作家，试图唤醒心中尘封多年的任性，试图像孩子那样撒欢，试图像少年作家那样不顾一切，向死而生……

……对不起，俺不仅是耄耋肌肉男，更是耄耋小说狂。所有的日子都来吧，让我编织你们，用生命的甘苦与丰盈的牵挂，用四季的花饰与飘飘摇摇的花瓣落叶编织你们；所有的日子都去吧，我琢磨你们，写下了你们，涨起了不比四十年前乏弱的晚潮。

我终于明白，立正！我向一切显示出安宁与尊严的老作家致敬与祝福！至于自身，管他古稀耄耋，管他生离死别，管他往事如烟非烟，管他老生马谭杨奚式的慢抬快落四方步，管他搁笔者的不平心理，写啊，写！写小说是多么快乐，人生经验了那么多，快乐幸福了那么多，悲伤哭泣了那么多，微笑了也晾凉了那么多……所有的日子又来了！它们铺天盖地，它们四面八方，扑来了，洒来了，涌来了，闹起花灯焰火秧歌与拉丁舞加太极拳来了，你想不写也不可能。写出一篇又一篇小说来，一切经历都不糟践，一切思绪都被反刍，一切逝水都留下自己的波纹与镌刻，这是造化，这是给世界给生活的页页情书，这是依依，这是永远。

直到此刻，我依旧眼眶湿润。对啊，他就是想去书写，还有什么事情比写作更快乐的吗？世间的日异月殊瞬息万变不曾放过我们，青葱岁月一不留神就滑向了风烛残年，还犹豫什么呢？还在等待什么呢？唯有真诚，唯有全神贯注地放任真诚，才能将这份感动化为永恒。如果上帝给我一条通向耄耋之年的道路，我多么希望可以一路向西，一路纵情肆意。

下面的这位作家，让我无法理解他的内心，但是值得肯定的是他的勇气。勇气虽然不是同质的，不可测量，但是能把自己完全暴露在世人面前，除了勇气，也许我再也想不出其他的词了。他就是日本作家，三岛由纪夫，在他的《假面自白》里有这样一段话：

——尽管一开始比不上近江，不过我的腋窝依然在夏天到来的同时，萌生出了黑色的草丛。这就是我与近江的共通点。这股情欲中明显有近江的介入，尽管如此，我依然无法否认我的情欲是冲着我自身的腋毛。那时，让我的鼻孔颤抖的海风，火辣辣地照在我裸露的肩膀和胸脯上的夏日艳阳，以及一望无际的荒凉景象联合起来，将我推向了第一次在蓝天下的“恶习”。我选择了自己的腋窝作为对象。

我常常在想，如果一位作家在讲述自己的故事时，不靠演绎与改编，是否依旧能拳拳到肉，直达心灵深处？直到现在我也没有答案。没错，在写作这件事情上，我是有些怂的，我不能够像三岛由纪夫那样坦白、痛快，我总是在藏着什么。《乡土中国》里有一句话，我认为是自己不够勇敢的主要原因：“做子女的得在日常接触中去摸熟父母的性格，然后去承他们的欢，做到自己的心安。”父母尚在，生活中的那些琐碎，那些陈年旧事和敏感地带，我还是尽量去避开他们，至于我自己的部分内容，相比之下，就赤裸了许多。这样挺好。

优秀的作品太多了，数也数不完，我极其喜爱他们的作品，但我终将不能成为他们。我若能将自己的所思书写成章，汇成一条河流，涌入大海，那么，有无浪花也并不重要了。心中千军万马的爱要去给予，碧波汹涌的泪水还未河涸海干，那么，那么怎样呢？就去写吧，不写总有些可惜。

我洗过了澡，安静地坐在书桌旁，扫过了红艳欲滴的玫瑰，试图开启一种专注的写作模式。电脑循环播放巴赫的《哥德堡变奏曲》，音量很小，台灯的柔光将我笼罩在一个私密的空间里。前阵子，我从网上购买了一些LED霓虹灯，酒瓶的脖子上、书架的挡板上以及相框的周围，到处眨着它们的眼睛，它们缠绕在房间的各个角落。我不喜欢拉开窗帘，因此，屋里的景色像是正在举行某种庆典仪式。说是庆典，我倒觉得自己像个“偷腥的贼”。在这里，能够抛开工作，抛开日常的琐碎，抛开枯燥乏味，肆无忌惮地幻想，任意妄为地舞蹈，只去撒欢儿，不去写，也并无可惜。写作其实就是一种发散式的专注，因此，我们也就不难发现在很多影视作品中，大部分作家都面朝湖畔，身临大海了。没有好景色的加持，我只能打造一个属于自己的写作空间了。

屋里的温度正好，这是我的第二个用于写作的房间。我面朝房门，左侧是沙发茶几，书架在我右侧，身后则是一张床。在这个小房间里，负责文字的天神对我还算比较喜爱，我也常常会因为写出一段漂亮的段落兴奋许久，写完后读一遍，身心愉悦，十分解乏；吃完饭拿出来再读一遍，护肝又健胃；睡前也得读，闭上眼之后兴奋的余温依旧在身边萦绕，这会引起失眠尿频，两小时后，抽水马桶的声音还未消退，我再次走到了书桌前，翻开电脑，细细品阅……

喜悦只是暂时的，喜悦过后会进入漫长的消沉阶段，这段时间毫无灵感，没有创作的激情，看到过去的作品，只有厌倦与羞耻。这个阶段我称它为写作的“退潮期”，一般在创作了几篇比较满意的作品后，才会出现这个阶段，同时，这也发生在大量的阅读时期。我认为，自我否定是令作品不断进步的一个必要的阶段，前面我说过，能过自己这关，就算功德圆满了。写完一篇，我会假设自己是普通读者，再次反观文章，这确实有助于审视自己在文字中的举止。

我最中意的书籍不规则地摞在书桌左侧，与沙发茶几形成了自然的屏障，这是一条现实与理想的分水岭，是应然与实然的桥梁，是柴米油盐与天马行空和谐共处的实证。现在，咖啡冷了，手指久久没有敲击键盘，我写累了，伸了一个懒腰，双眼眯成一条缝，盯着亮闪闪的LED灯，打了个哈欠。此时，我需要散步，自己与自己散步。写作，自然是从春季构思，夏季入手，写于秋季，盛于冬季。因此，冬季的漫步吹风，显得尤为重要。我推开门，寒风袭来，走向了北方……

我想写女人，想写哀乐，想写花草与季节，想写这个世界与自己的世界，有多少个故事就要摘取多少个回忆，写作的目的正是写作的本身，写作的意义也正是在无数段回忆中不停地自我省察，一遍又一遍地洗刷日常的丑陋与不洁。

尼采说“人是联结在动物与超人之间的一根绳索——悬在深渊上的绳索”。对一个作家来说，创造出一本旷世佳作只是表象，其本质是不断地练习一种超能力，这种被写作训练成的超能力不亚于那位穿着三角裤衩的超人，因为它是传播人类文明的媒介，是现实，是理想，也是希望。

济南

我不曾想过，一座城市会承载这么多的记忆。

我始终相信，人类之所以会回忆过去是因为五感在某一时刻被触发了。五感也就是形、声、闻、味、触。它们每时每刻都可能被启动，身体随之做出相应的反馈。一般意义上，我们这些不做科学研究的人，深入研究这些反馈是没有太多意义的，我们只能偶然间捕捉它们，而它们却设法将我们带回某个空间。有一种味道扑来，它可能是廉价的香水，却让你胸口酸涩，连着几天魂牵梦萦；有一种乡音洋洋盈耳，它可能土得掉渣，但会让你冬日不寒；有一个名字，突然间，从天上落下，从湖中跃出，从四面八方赶来，你逃也逃不掉，你想拦住它，却束手无策，你知道岁月总是不解风情；还有一座城市，无论是看见它、听到它、闻到它、吃到它，还是摸到它，你的心境总会起起伏伏，五味杂陈，百感交集。

济南，一座泪城，一座泉城，一座心动之城，一座常常不合时宜地出现在我生命中的魅力之城。想起它时，我能察觉到自己的呼吸变得急促，随着儿时街道的斜阳与此时大明湖夜色的波光在错乱的时空中交相辉映，心脏便不由自主地战栗。

我不常说，也不常写“伟大”这个词，因为我认为这是个大词，太宏观、太概括、太敷衍，总是不能深度地刻画具体事物与情感。但此时，我找不到更确切、更华丽的辞藻来形容济南了。

对于我而言，济南的伟大在于，置身于济南城中，与它缠绵了太久太久，相互抛弃了太久太久，多次的抛弃，更多次地拥入它的怀抱，它总是在那里。在外地的日子里，我总是惦记着它，时不时地想着它，念着它，它或许也会经常想起我。

和大多数漂在外地的年轻人一样，乡愁是擦去父母三千青丝的一块橡皮；乡愁是“桥上少年桥下水”；是味觉的眷恋；是念念不忘的玩伴；是三更半夜街道中猫咪唱着的歌剧。

如今，闭上眼睛，想起济南，出现的并不是人间喜剧，繁花落尽，而是多种暧昧不清的情绪，如果用味道来形容它：前调逆来顺受颇为感伤，中调则交织着失落与心动，尾调氤氲杂陈，飘出了一些颜色，绿色、灰色，中间夹杂着红与黑。

八岁之前，整个儿童时期，我几乎都生活在济南这座城市，它像张开双臂的一个巨型玩偶，也是属于我一个人的奥特曼，它屹立在身后为我挡风遮雨，入眠前也会自然地拉起它的手。

后来，我去了北京，奥特曼就不见了。此时，我的身边如同包围着一块块巨大的花岗岩，它们冰冷、刻板，并且遮住了春日的阳光。

再往后，我逐渐长大成熟。身体任凭荷尔蒙的摆布，也就是说，我可以选择我喜爱的玩具了。有时，我会去雕刻不太喜欢的花岗岩，偶尔也会和越来越矮小的奥特曼玩一局“打小怪兽”的游戏。到了夜晚，我却不再同它牵手入眠，它站在床头，我转过身，戴上耳机沉浸在青春的躁动与狂妄之中，听着小鹿在心中到处乱撞的声音和精灵在血液里窸窸窣窣的窃窃私语。

济南，除了老舍笔下的“一溪活水”，自然还有大明湖畔的垂柳，千佛山的卧佛以及与它们相映衬的慵懒的黄昏时光。自然景观孕育出了直率的市井气息，这是老济南人恪守纯真性格的特权。

我找不到体现这座城市爱恨情仇最合适的切入点，既然如此，倒不如先来看一眼2000年济南市历下区文化东路的秋日，我想，任何一座城的秋也比不上那年济南的秋。

那年的秋景，蓝天白云，到处都是秋风红叶。文化东路，顾名思义，在这条三公里的笔直道路上有不少学校，警察学院、山东省体育工作队、山东省化工研究院、山东师范大学以及文化东路小学……其中，占地面积最大的就是山东师范大学，我们简称它为“山师”。不知道从什么时候开始，可能是因为学生多，山师带动了整条文化东路的食品店、服装店、旅馆和琴行等生意。

平日里，特别是落叶萧萧的秋季，要是在文化东路闲逛，你可以吃得好，也可以玩得好。街道两侧挤满的商贩是文化东路的特色，他们各自练摊，推销各家最稀罕的商品，你要是看上了哪家的货，只需要蹲在地上挑挑拣拣，和卖家讨个价便可购得。年轻的大学生们三五成群，当然也有两人一对的，他们并肩走，手指勾在一起，嘴角上扬，含蓄又坦荡。我自然是体会不到那些哥哥姐姐为何如此开心，我只觉得世界明亮，霓虹灯唯美，我沉浸在浑然一色的任何角落。

秋季也是开学的季节。走在上学的路上，抬头是小学生的夏季小黄帽，它为你遮住了半边的蓝天，低头是鲜艳的红领巾，打着细细的绺，周围同学眉语目笑，追跑打闹，孩童的纯真在这里清晰可见。

你若不笨拙，便能一眼就看见文嘉。

她的脸庞看似有些冰冷，又带着缕缕的温暖，目光如炬，深沉忧郁，却也不乏尖锐凛冽。她会看穿你的所有想法，洞悉凡人的一切。两瓣嘴唇如晶莹的浮雕，粉色，不带一丝的污浊与尘埃，说完话时嘴角总是微微上扬。她全身上下都透着白色，雪白的。最美的白色，应当是她的脖颈，还有手腕上不经意露出来的一抹如同初雪般的肌肤。这种白色，是高贵的，时常让人自卑，我从未见过这样洁白的人，直到今天也是如此。

她是被天使吻过了脸庞，还是，她就是天使?

当时，我的家里有不少的光碟，那时候比较流行看碟片，父母给我买了不少动画片的光碟，我最喜欢的是《宝莲灯》，它的片尾曲《爱就一个字》我印象深刻，词中有一句“两个人相互辉映，光芒胜过夜晚繁星，我为你翻山越岭，却无心看风景……”或许在那个年纪，我并不明白其中的情感，也不晓得思念是何物，执着又有何用，但这首歌永远停留在了这一年。2000年，这是千禧年，世界很热闹，铺天盖地的新鲜，全城似乎都在狂欢；这是千禧年，人类都喜欢在特殊的日子里博取一个好彩头，以求未来万事顺心顺意。那一年，我们家里也十分热闹，也就是在这一年，我与母亲分开了，父亲带我去了北京，父子俩成了北漂的“驴友”。

你瞧瞧，一家三口就这样分道扬镳了，你瞧瞧，天空灰暗了，你听听，世界安静了，尘嚣哑口，金黄色的叶根变得像壁虎的断尾。初到北京，怯风怕雨，北京的火锅店飘出了刺鼻的味道，我压根没有食欲，北京话也让我觉得刺耳。

“你老家哪儿的啊？”

“怎么没看到你妈来接过你呀？”

我无能为力，任其发生。我人生第一次，在心中同时出现了两个女人的身影。这是对两个女人的不舍。这是母亲与文嘉。她们在我刚刚建构出来的美丽世界里短暂停留，而我，却不得不远走他乡。孩子对于时间的长度是未知的，他们是敏感脆弱的，别离的痛苦带来了自我世界的瓦解，人生的无意义和不可抗拒的力量是这种痛苦的根源，这种痛苦犹如从跳动的心脏中抽出血液，每抽取一次，你便会虚弱颤抖得弯下腰，急促地呼吸，胸口痉挛，痛苦撕扯着。吃饭与睡觉时，疼痛不减。

就这样，我离开了我的济南，离开了我的奥特曼。

北京的新生活我不习惯，北京的新学校更是让我难以融入，想要尽快不受同学的排挤，我逐渐学会了胁肩谄笑。这所学校坐落于北京军区，我被插到了二班，这是寄宿班级。父亲虽然工作忙，但平日也常会来探望我，盖被子、扔垃圾，准备好隔天的零食和换洗衣物，父亲对我的关爱一如既往。生活老师也对我不错，学校里的环境也不错。有些不错是真不错，有些不错可能只是看上去不错。在课堂上，往往很多时候让我坐立不安，因为地域关系，我的口音时常被同学们嘲笑与模仿。

数学老师问："十二乘以八，等于几？"

我回答说："等于（我将"于"说成了三声）九十六。"

瞬间，我听到了"雨？等雨？哈哈……"

"于！是二声，于！等于！"同学们叽叽喳喳地边笑边说。

我的脸迅速涨得通红，心跳随之加快，我低头将目光投向老师，希望她能给我圆个场，替我解围。可惜，她并没有读懂我眼神中的期望，甚至还同其他学生一起笑了起来。这真是段"可笑"的回忆。这种事情多了，我的性格自然而然也就变得拘束谨慎了起来，自卑向我扑来。

不过，我也算是一个从不服输的人，从那天以后，我开始认真学习普通话，直到今天，济南话我只会讲这么一句了——"你好，老婶儿（老师）。"

总而言之，初到北京的我，学习与生活中的许多挫折慢慢地击垮了我的骄傲和自尊，连同先前美好世界的废墟全部卷走，我觉得我不属于这里，或许，我只属于那座曾经抛弃过我的城市。

2000年到2008年，我陆续在济南短暂停留过几次，由于几年前的那次“分手”，我不愿意再与济南对视。这种情感有些微妙，当我们很想要尝试着联系某一个人，却总是缺少某种力量，一种向前迈出的勇气，你或许也清楚，但凡你联系上了，无论先前多么势同水火面红耳赤，都会烟消云散。只怕没有那一股力量，没有那般勇气，你只得原地不动拖来拖去，久而久之，两者都会陷入一个泥潭之中，进退两难。

2009年，我已经成了一名国际式摔跤运动员，进入了北京队。那一年，我随北京代表队来到济南——第十一届全国运动会的举办地。当时我还不满17岁，年纪太小，不够资格参加这次的大赛，只能到场馆观看比赛。这次回济南倒是让我有了一个幼稚的想法，毕竟回到了家乡，也该在北京的队友那里挺挺腰板尽个地主之谊吧。

此时，父亲正担任山东队的总教练。前几年我们去北京，部分原因也是我的这位“驴友”担任了国家队的主教练。第十一届全国运动会备战前期，国家队临时解散，各个省市的运动员和教练员都回到了地方队，因此父亲回到了济南与队员一起备战。上面提到的幼稚想法其实很简单，就是在济南让父亲给我撑足面子。我知道这位男人从来不会让我失望，他邀请了与我年纪相仿的北京队队员，去了一家当时在济南十分出名的餐厅。一张圆桌，食前方丈，大快朵颐，大饱口福……我心中说不出有多高兴。不过笑容是暂时的也是复杂的，除去队友们的“刮目相看”，还有那些我对于济南的怜悯以及难以启齿的遗憾。

其实那天晚上，我们吃饭的地点恰巧距离文化东路不远。饭后，大家都各忙各的了，父亲也回到了全运村，我闲来没事一人在文化东路闲逛，寻找曾经的霓虹，曾经的明亮，还有那些既含蓄又坦荡的一对对情侣。可谁知，曾经的文化东路几近消失，几乎是彻底失去了以往的样貌，商铺整齐地排列，倒是多了一些加盟店，看似跟上了时代的脚步，但商铺缺少创意，无论是饭店还是服装店，门前的广告招牌好像都是统一定制的，毫无个性。街道两侧的行人比过去少了许多，他们有的低头发着短信，有的在橱窗外看着店内的商品，一面墙，一扇门，两个风景，分化出了两个世界，改变了文化东路的结构，瓦解了这条路上买卖双方传统的交易模式。眼前的街道简直过于方正，过于规矩了。卖玉米的老伯、卖地瓜的大娘、卖米线的兄妹……他们消失得无影无踪。甚至连烧烤摊都被一同关进了屋子里，酒鬼们拿着大绿棒子仰天长啸时，看到的再也不会是繁星点点，屋内破旧的风扇唯有扫兴。

走了一会儿，我看到了曾经放学时走过的路，突如其来的怀念从四面八方积聚。早知道，年少的我应该给自己寄一封信。一封信，至少可以经历时间的考验，而现在，这里只剩下了同样的路名，和我的一副诧异的表情。我们的情感呢？我们的情感要依附在哪栋废墟之上呢？

那天，我对着这条灰色的街道一直问，一直问……从前放学走过的路呢？文嘉呢？我现在在哪儿？……问着问着我也就问累了，厚重的雾气不知从何地飘来，灰色的雾，灰色的街道，灰色的心境，在某个瞬间，我发觉我不再怨恨济南了，我于心不忍，我触景伤怀，济南消失了大半，过往的不堪也就此释怀了。要是能留下几张照片也好，偏偏要用脑子去回忆，一遍一遍，不好也就变成了好。我自责，为什么多次路过济南，却没有停下来看一眼，我爱济南却是如此这般。

2012年的冬天，我选择了退役，放弃了运动员生活，回到济南，准备来年再去北京上大学。我通过小学同学方舟加到了文嘉的微信，这是同她分别十二年后第一次取得联系。

我抱着手机，每次打完文字却又不敢发送，怕文字会愚弄我的诚意，绿色的发送键就像是一根引线，谁知道点燃的将是烟花还是炸药。文字没有让我失望，她也没有让我失望。

这个冬天，我也时常与母亲见面。我的母亲，与大多数母亲可能不太一样，她喜欢自由自在的生活，她是嬉皮士的追随者，女版的杰克·凯鲁亚克，她倘若生在上世纪初，肯定会搭上迪恩的便车，沿着墨西哥湾一路行驶。母亲个子不高，面容可爱，穿搭也比较新潮。打我记事起，母亲就常常对着镜子摆弄化妆品，各色的眼影盘、各种香水数不胜数。她的性格实属开朗，身边多围绕着各色男女，年纪也从十五六岁到五六十岁不等。她心性细腻敏感，但是不多疑；她多愁善感，但是不作诗；她重情重义，但是不多情。她最大的爱好是美食、美妆和美酒，如果她是男人，肯定也爱美人。母子也常聚在一起小酌两杯。有一段时间，她倒是经常去北京探望我，我也有回济南的机会，没有相见时难别亦难。短暂的见面自然要有所保留，相聚的时间越短，就越要欲言又止，我们习惯了这种你去想、我去猜的交流方式。看到她对过去表现得讳莫如深，我是有些心灰意冷的。几次举杯之后，我试图探究母亲的欢乐与苦楚，但很可惜，欢乐与苦楚就像是我不能碰触的严寒地带，聊了半天，也只能付之一叹。

联系上文嘉后，必然要见面。在组织活动方面，我是比较擅长的，毕竟我在北京早已学会了胁肩谄笑。据我“多年”追女孩子的经验，要追求一位女孩子前，必须带上几个“僚机”，所以，我以小学同学聚会的名义组织了这次活动。三个僚机是方舟、李耕和昊泽，文嘉与我们是同班同学。虽然我们几人只共度了三年的小学时光，但我不太让人省心的印象或许早已经深深地刻在了他们的脑中吧。

一间包房，一张圆桌，文嘉还没来，三架僚机倒是先优哉游哉地到达了停机坪。“十年离乱后，长大一相逢”，几位好朋友真诚相拥。

好友相见，格外亲切。方舟比我高不少，变得正经了许多，也不是小时候不正经，只是没有了乳臭未干的样貌。他操着一口“济普”（济南普通话），这倒让我有了一些优越感，准备拿他逗个闷子，在他面前故意放大音量说：“你怎么长这么高了？”李耕接过了话：“怎么？北京没有比俺们高的人吗？”大家齐声大笑。李耕好像还是过去的样子，鼻涕邋遢，不修边幅。他像个数学天才，考上了一所不错的大学。昊泽长相依旧工整，为人看似也是可靠的。他当了兵，想以后做一名军官。

听僚机们说，有一次上课前，我竟然在黑板上写下了“我爱文嘉”这几个字……还有一次，我们学校组织了越野比赛，我向来短跑比长跑要好一些，比赛之前心里十分忐忑，幸亏文嘉给我了一块巧克力，才让我坚持下来。要说在今天，这块巧克力的意义绝对不单纯，遗憾的是，她是文嘉，我不可能猜到她的想法。最后，我顺利地跑完了全程，可笑的是，我的牙齿疼痛难忍，去了医院才发现有一颗窟窿很大的蛀牙。

这几个家伙提起了不少荒唐的往事，这些往事填补了部分在记忆中曾消失的孩童时光。很多回忆逐渐浮出了水面，它们栩栩如生，许多记不起来的日子，一股脑地出现了。童年有了他们，还算是完整的。是的，我十分想念他们，在那些孤单的日子里一个不留神，这几个小鬼头的样子便会在我的眼前晃悠。

几人正沉浸在回忆中，忽然手机一震，我收到了一条微信，是文嘉发来的。她刚到酒店楼下，上楼前提早给我发了微信，大概是让我接她吧。我走出包间，站在二楼的大厅准备迎接。

人群在我周围熙熙攘攘，酒杯碰撞的声音，高喊服务员的声音，以及啤酒瓶倒地声不绝于耳。忽然，这些声音又戛然而止，只能听见独自震荡的心跳。我像是偶然掉入了一个天造地设的空间里，在这里，一切的期待将有所期待。

不久，我看见了一位短发女生。没错，她是文嘉。她剪了短发。

我神情恍惚，那个无数次出现在梦里，出现在回忆里的人，再次站在了我的面前，世界从此跳起了探戈。当时我说了些什么，压根记不起来了，只记得她袅袅婷婷地向我走来，什么如花似玉、倾国倾城、沉鱼落雁都不足以表达她的美，她可以瞬间让你万劫不复，她拥有吞噬人类一切能力的美丽。倏然，我的所有感官迅速扩张，好似坐上了一列过山车，在高空的轨道中停留，吹着天使只为一人煽动的熏风，随时准备下落。

我不由得再次赞叹，她依旧如此之美！我沉迷在她绝世的容颜中无法自拔，下弦月般灵巧诱人的双眸，勾人浮想联翩的眼角，坚挺的翘鼻，嘴唇就更加撩人了，我试想了她不涂口红的样子，至此我理解了，口红旨在为泛泛之辈提供一个接近美丽的横亘。真正的美丽，自然是文嘉。

这次的聚会，我几乎无时无刻不在看她。当然，她从多年前就知道我喜欢她。刚见面时，文嘉对我稍显客气，我自然也不必说太多话。

酒过三巡，气氛愈发回暖，趁着酒壮怂人胆，我竟再一次对文嘉示了爱。这一次，纯属意料之外。人一旦紧张，便能做出可笑的举动。

文嘉莞尔一笑，羞怯地逃避了这个话题。那天，当我表白结束之后，我就知道，我实在是太唐突了。你看，这就是我处理异性问题时最大的毛病——等不及，总是等不及；怕错过，总是怕错过。

晚餐结束后，我们准备步行到离饭店不远的KTV。此刻，霓虹灯也不再是霓虹灯，那是四处绽放的烟花。我愿做一朵花瓣，也愿做一只大鹏“扶摇直上九万里”。繁星弯月高挂，每一个路过的人都笑脸相迎，一切事物都在野蛮生长。它们缓缓地漂浮起来，摆动、摇晃，让我眩晕，让我意乱。寂寞也随之而来，旷远的孤独也来了，一直跟着初冬的寒风，我未系好衣扣，它们钻进了我的外套，我打了一个激灵，感官愈发缥缈、兴奋，五感在这一天相互交融，彼此慰藉。

到达KTV后不久，我步履蹒跚，摇摇晃晃。入座后，又是几杯啤酒下肚，视觉迷幻。文嘉此刻已放松了下来，在包间里也蜻蜓点水般地呡了几口酒。也许是故人相见，又或许是真心相印，我与文嘉的气氛逐渐暧昧了起来。此时，我也有八九分醉意了，浓烈的虚妄感扑面而来，我想要得到她，收获长久以来相思的回报，一份单向付出的回执。忽然，就在一瞬间，她的右臂轻巧地碰触到了我的左臂，不紧不慢地将身体一半的重心靠了上来，倚靠在我的左肩上。至此，我们在悠扬的一段段歌声中，温暖了彼此许久。那天晚上，这些二十岁的青年男女，用充盈的少年之力唱哑了一个个话筒，听聋了一台台音响，在青春的进行时中，也同过去的年轻人一样，迷离慌乱、天旋地转，不知明天醒来身在何处，只求此刻纯粹的永恒与感动。

这段醉酒时的记忆，在我的脑海里重复过太多次，我不停地将它们拿出来修正，又不敢太过加以审视。时至今日，我也没明白那天文嘉对我到底是怎样的感觉，或者说，一直以来，她对我是怎样的感觉。

聚会后不久，文嘉开启了她的飞行之旅，她成了一名民航乘务员。

我去北京上了大学，与济南短暂地挥手告别。

来到了2014年，这里是北京的秋日。又是秋日，又是一年的秋山秋水，又是一年秋风萧萧的时刻。在四季中最萧瑟的季节里，无处安放的情感总是不请自来。文嘉此时已经开始飞国际航线了，她总是全世界到处飞来飞去。我了解到她常常在北京停靠，虽然我们不经常聊天，但我时常会关注她的动态。长期以来她就像一颗甜心毒瘤嵌在我的左心房。

一天傍晚，我和两个朋友在北苑附近的餐馆小酌，也都是打发周末时间的单身酒局。青年男子在一起聊天，内容无外乎未来、工作，以及一方有意一方无情的那些故事。那天聊起了女人，文嘉的倩影又一次浮现在我的眼前，思念之情从胸口布满全身，我拿起手机将这缺憾之情通过指尖传递给了文嘉。

“在吗？如果你在北京就好了……”我化繁为简，直抒胸臆。

不一会儿，她就回复了我。

“我现在就在北京啊，你在哪里？”这是文嘉的语气，她一贯如此。

你看，我的双手出现了帕金森的症状，随即浑身也战栗了起来，我给她打了语音通话，告诉文嘉我此刻的地址。随即，她说她正巧离这里不远，一会儿就坐地铁过来见我一面，但是只能短暂停留，过不了多久她就要走。

她应该是有别的重要的事吧，我心里想着。

不一会儿，我到了地铁站。地铁站的人群熙来攘往，在不远处的角落我见到了文嘉。我们见面还算顺利。看到她的时候，我们相隔八九米，只是中间的铁栏杆有些不解风情。因此，她在站内，我在站外。看似近在眼前，实则远在天边。她说：“我就不出站了，时间太紧张了，见你一面我就走，好吗？”我当然想要与她多待些时候，可是我怎能忍心拒绝？后来，我们就隔着这一道该死的“边境墙”说了几句话，几句无关痛痒的闲话。

说来也奇怪，我每次见到文嘉，都不知道该说些什么，也不知道说了些什么，一见到她我就沦陷。是因为她过分的美丽令我过于沉迷，还是将孩童时期缺憾的所有情感都寄情于她？

记得聊天时，我的双手总有从裤兜里抽出来的冲动。相对于让它们暴露在外，我还是习惯将它们藏匿起来，这有助于缓解我内心的不安。这不安是因为相聚，相聚则意味着别离。

大脑短暂的死机后，被一句“再见”重启。

这个世界变得慢了起来，文嘉的嘴角再次向上扬起，她的短发轻盈充满弹性，随着气流拂过——气流伴着宇宙亿万年前的光芒，缓慢而有序地飘动——她转过头，潇潇洒洒地向相反的方向走去。

而后，她突然回头冲我挥手。刹那间，我回到了2000年，济南的那个秋天。同样的季节，此刻的文嘉与孩童的文嘉奇妙地重叠，她依旧含苞待放，依旧美若天仙，依旧让我理屈词穷，依旧让我心动。

下班高峰，黄昏将尽，黑夜即将包围整个城市。北苑路的地铁站，人流匆匆。可是在我看来，他们都是静止的、黑白的，是没有生机的，我还不合时宜地冷笑了一番。是的，在这里只有文嘉是跃动的，是彩色的，是芬芳的。

我目送文嘉离我远去，谁知，一个流里流气的小混混挡住了我的视线，他出现的时机令我愤怒，等我再次试图对焦到文嘉的身影时，她便一个侧身，消失在了拐角。

该死的眼泪顺势从眼角涌出，迅速地滴落在衣领。

回去的路上，我戴上了耳机，播放着押尾光太郎的《黄昏》，试图追寻缺憾美的足迹，什么哀而不伤，什么怨而不怒，什么委曲求全，什么恰如其分，都一一做了注脚与诠释，但是怎样呢？泪水依然滴落，爱是覆水难收的。因此，我做了一个决定，这辈子再也不会打扰文嘉了。做此决定，或许是我没有从文嘉身上看到爱的回报，因而恼羞；抑或是心疼自己在这感情中单枪匹马，孤注一掷；更或是不想再打扰文嘉，不想让她对我一直抱有歉意。谁知道呢。

前些日子，就在我写这篇文章的头几天，我又一次见到了母亲。岁月可曾饶过谁，又有多少人饶过岁月呢？母亲新添了不少的白发，牙齿也松落了几颗，让我欣慰的是，她的精神很好，看不出来是一位五十岁的中年人。她依旧选取了最合时宜的眼影，嬉皮士的打扮，站在我面前。瞧啊，这多么自然，多么无羁。她邀请我去她的家中享用晚餐，我心里想到了不少的“万一”，万一吃不好，喝不好，谈不好……

母亲下厨，晚餐的担忧着实有些多虑了，都是小时候我爱吃的那几道菜。她拿出了我不知名的白酒，倒入杯中，邀我随她共饮。都说孩子与父母一样，随着时间的流逝，我不得不承认，确实如此。母亲自由奔放的性格是我战胜自卑感的强有力的武器。我们喝酒的同时，我看到了她的书架上有一本《纳兰词》，随手翻开一页，上面写道：“黄昏清泪阁，忍便花飘泊。消得一声莺，东风三月情。”这三月的迷情可是不符合晚冬的情节啊，她说：“嗨，什么情不情的，儿子，你只要开心就好。”这样的只言片语，我也只能附和。我早已经习惯了她的只言片语，她本身就拥有无处安放的灵魂。

说真的，我要不要多抽些时间去陪她呢？

算了，不要吧，十年之后再说罢。

对了，还记得文章开头我说过的光碟吗？那首《宝莲灯》的片尾曲《爱就一个字》，其实这是唱给母亲的，“我爱你，身不由己……”这一句歌词多让人动容，多少的爱因为身不由己而成了一生的追忆。

2021年的2月，此时此刻我坐在电脑前，在这里，键盘闪着荧光。我在文化东路，这里是父亲的家。文化东路又刷上了新漆，没错，它更加像一座高级的城市了，和各个城市一样的城市。我时常在街旁眺望远方，看孩童两双，看树木枯黄。母亲在城市的东边，文嘉在城市的西边，或许也在大洋彼岸。虽可付之一叹，但难得的笑逐颜开也可稀释这惆怅与叹息，这笑容足够辽阔，这笑容让我持久地富庶。这笑容不空，也不满，它的浓度不高，也不低。此刻，我既没有了渴求也没有了奢望。

我这样自怜自艾，又这样追忆了年少的欢喜，真是可爱至极。

文嘉可能已经结了婚有了自己的小孩。无论她是否还会想起我，我只能说：“遇见你真好，如果没有遇见你，我自然也写不出这篇文章；如果没有遇见你，我的世界可能比现在更加的悲惨，荒谬。文嘉，你留短发即可，时光安好。”

我的母亲依旧自己一个人生活，家里收拾得井井有条，又新添了些花鸟鱼虫，依旧小酌，依旧感性忘我。时光安好。

我的济南也重新在我身后抱住了我，我的“奥特曼”虽然越来越矮，但是他总是记得他的诺言。小时候，父亲经常说“等你长大了，爸爸就变矮了”。爸爸变矮了，我就会长得更高吗？其实，人生就是这样，小时候盼望着长大，长大后又翻箱倒柜，回忆着童年。在饱含鲛珠的繁华世界里，接住滴落在掌心的泪水是困难的，端赖初心，于情于理地与爱相随，便会觉知这世间的好。

济南，这座泪城，这座泉城，这座心动之城，这座常常不合时宜地出现在我生命中的魅力之城，终将此生与我相伴。

我不曾想过，这座城市会承载这么多的记忆。因此，我把这些记忆编织成了一段故事，将故事汇聚成文字，文字印证了过去，过去留给了自己，最终，把自己归还济南。

姥姥家的流水账

姥姥家里的很多人我大概有十多年没有见到了。我想念他们很久了。我不知道为什么我总是不和他们联系。我想，每一个家庭都是不一样的，每个人也是不同的，我暂且只能这样解释。如果问我这辈子最后悔的事情有什么，其中之一我会说，就是没有和姥姥他们保持联系。每个人都会有那么一位或者几位长辈陪伴着走过一段时光，有的长辈陪伴你的时间比较长，有的则比较短。最近几年，我总是会想起来小时候的一些事，不知道是不是年纪大了的原因，过去抱有疑问的事儿，现在才能看懂。我回忆最多的就是在姥姥家的日子。那段日子，所有的一切几乎都是美好的。记忆日渐泛黄，在心中也有不少年头了，为避免日后大风大浪腐蚀它们，我想将它们逐一记录下来，装订成册，在未来的某些日子将它用来赎罪。

济南距离泰安不足一百公里，每逢星期六我会和母亲乘坐依维柯南下，去泰安过周末。白色的依维柯，现在倒是见不到了，估计老款的车型早已停产。孩子们总会发明一些快乐，比如给依维柯取个外号，因此一辆中型客车在我的口中变成了“大面包”。我对大面包熟悉透了，车里陈旧的皮子味道、汽油味道，以及司机师傅身上二手烟的味道，这些我都熟悉。车窗是推拉式的，汽车只要一发动起来，叮叮咣咣，车窗会随着引擎的震动一抖一抖，行驶中千万不能把头靠在车窗上睡觉，不然会被颠得龇牙咧嘴。母亲的香水味与车里的种种气味混杂在一起，常常会使我晕车。

靠着窗户睡觉，你根本就睡不着；靠着母亲，香气又过于刺鼻，我只得靠在椅背上生无可恋。能让我提起精神的则是行程中路过的一个个路标、一个个摊位。这些摊位大多数是卖泰山石的，司机和乘客在途中休息时买一些纪念品也不错。

依维柯快速行驶，夕阳射进车内，温暖着乘客，他们紧闭双眼，车内渐渐安静了，形形色色的人都独自做着归家的梦。有趣的是，每次都有几位打电话的大伯依旧保持着亢奋：“俺还有三十分钟就到了，今天晚上好好地聚一下啊！叫上×××，上次这小子就没来……”路过几个熟悉的摊位，便会发现鲁J开头的车牌号多了起来，我知道，我和姥姥家的距离正在慢慢拉近。

泰安市位于山东省中部，因泰山得名，“泰山安则四海皆安”，寓有国泰民安之意。二十多年前的泰安并不繁华，路上的车辆也不多，主要是桑塔纳、富康、雪铁龙等车型，最多的是“黄面的”。这种出租车的出现，在很大程度上应该是为了多拉几个人。早些年乘坐出租车可是一件奢侈的事。大面包把我们送到长途汽车站后，我与母亲在路边招手，即可坐上黄面的。此时，晕车早已消失得无影无踪。在这一段路程中，我依旧会打卡沿路的标志物，并且多了一件事，就是盯着出租车上的计价表。我们一致认为，好的司机会在十块钱之内到达姥姥家，如果超出了这个价钱，他一定是绕了路，或者在计价器上动了手脚。为了尽早到达，避免争吵，母亲会用老家话说：“到泰安二中，走××路就行了。”司机能听出来，母子都是本地人，便也不好绕路。计价器涨到八块五时，我们会来到一家熟食店，买两斤卤鸡爪、一斤猪耳朵，趁卖家包装的时候，再到隔壁接两大袋新鲜扎啤，无论春夏秋冬，一直如此。

夏季，来到姥姥家的胡同口，天色依旧明亮，偶尔能望见几只鸟儿，叽叽喳喳地叫着，不久便展翅高飞，啼鸣之音随着夏日熏风悠悠然然，在空中回响。卖豆腐的大爷拿着梆子走街串巷，一边敲一边吆喝，“卖豆腐来——”冬季，天色已暗下来，胡同口孤零零地挂着一盏灯泡，灯泡旁边站着一位穿着深蓝色棉袄的大娘，领口系着一条打绺的红围巾。大娘卖的烤地瓜很甜。她常在烤炉周围踱步驱寒，皴裂的脸颊的颜色比头一年更深了。她总是微笑，露出洁白的牙齿，干裂的嘴唇呼着哈气。这也便是姥姥家的一部分。

从胡同口向东走五十米后左拐，就可以看到姥姥家了；从这里到姥姥家的大门也有五十米左右。在梦中，我总是站在这里，想走，走不出，想进，却也进不去。春天，地上长满了青草，姥姥家墙上的爬山虎绿油油的，鸽子在房顶上“咕咕”地叫；夏天，我和表妹拿着水枪对着隔壁家的老母狗撒气，隔壁家的爷爷笑而不语；秋天，满地的落叶，舅舅在北院盖成了一间厨房，又顺便搭好了一个狗窝；冬天，我把鞭炮埋在土坑里，点着引线后，噼里啪啦，我和姥姥家的狗一起原地打转。这些画面，都在梦中；与他们的相拥与告别，也都在梦中。

接着说，左拐后有一条石子路，别看小，承载的风景可真不少。左侧是用石头砌成的一排矮墙。这堵矮墙上有一块石头，隐约可以看到石头上有一个人坐在一辆马车上。这绝对不是近现代的作品。石子路的右侧是舅舅种植的花果，对这一部分景观的记忆几近消失。舅舅爱护他的劳动成果，因此我从未踏足过这片小菜地。石子路的尽头就是姥姥家，要是继续往东走，便是一排排与姥姥家一样的独栋二层小楼。

姥姥曾经在畜牧局上班。我倒是没怎么见过别人家的姥姥，但是据我观察，我的姥姥与他们的姥姥应该是一样的，善良，和蔼，省吃俭用，宠爱外孙，做起事来仔细认真，应该是具有了传统意义上姥姥该有的品质。

每次，姥姥都会提前在门口等待，看见我们后会张开双臂，迎接我们。

1996年，我在姥姥家的大门前。

我的童话故事里还有一位“长老”，她是家族的中心人物，常用魔法展示她的神迹。她的举止透露着久远得不能再久远的经验。这些经验从遥远的岁月中驶来，遗憾的是，它们不能传给任何人，因为，她本身就是一段活历史。

我先来介绍一下姥姥家的成员——姥姥、姥爷、舅舅、舅妈、表妹以及母亲与我，就是姥姥家族的一半成员，另一半则是我的姥姥娘。在北方，“姥姥娘”是对姥爷母亲的尊称，但我听说在南方部分地区，也可称呼姥姥的母亲。

从几十年前的照片来看，姥姥娘端庄文静，明眸皓齿，要是在今天，绝对算得上一位女神了。姥姥娘生在旧社会，是位裹脚老人。她的鞋不大，脚就更小了。小时候还淘气地同她比脚，不明白为什么她的脚又小又尖。她爱吸烟，床头放着一个深褐色的盒子，盒子里常年堆满了烟叶，裁好的方形卷烟纸摞在盒子旁边。姥姥娘卷起烟来手速极快，干净利落。这种香烟只要她抽上几口，不一会儿屋内就犹如仙境一般。我常常去她屋里探险，拨开“云雾”才能找到她。我对姥姥娘的过去了解甚少，只知道她不识字，没有上过学，只会写几个字。她每逢特殊的日子要吃素，平日爱喝浓茶，兴致高的时候也能小酌两盅白酒。姥姥娘所有的这些习惯总要有个形容吧，要我说，她就是一位炽热纯粹的老人。没错，姥姥娘就是这样，烟要抽劲儿大的，茶要喝浓的，酒要饮烈的，就算包水饺，口味也是“重如泰山”。我所了解的这些不足以描绘姥姥娘，我说过，她本身就是段活历史，儿歌啊、故事啊、顺口溜啊，都是她的拿手绝活，张口就能唱，当然是山东口音，这样才有味道。

“上山直勾勾，下山滚起溜，摇头梆子响，洗脸不梳头。”每次到姥姥家，这个经典的谜语，我都会让姥姥娘给我多说几遍。我搬来小板凳，坐在她的床前，姥姥娘坐在床上吞云吐雾，她还没念完，我就站起来抢答——“蛇、刺猬、驴、猫”！顿时，我们前仰后合，手舞足蹈地大笑，笑起来的动作一样，咧开的嘴里没有几颗牙，也是一样。民间的传说故事、鬼故事我也听得津津有味，只可惜现在已经不记得了。倒是前几年，总会梦到一个尖嘴猴腮的小妖怪躲在一个寺庙的房梁上看着自己——这画面应该就出自她讲的某个故事。一人讲，一人听，我们可以共处整个上午，直到我被烟雾熏得睁不开眼。

捉迷藏是我和表妹最爱玩的游戏，前后院儿地广，没角落藏，二楼很少有大人在，藏久了自然后背发凉，因此，我最爱躲的地方是姥姥娘的屋子。床底下、门后面，甚至柜子里，每一寸地方都留有我的脚印，她也愿意让我去折腾，从不说我。老人对于孙女与外孙，或多或少都有着不一样的偏爱，可到了姥姥娘这里就有些微妙了。姥姥娘对我极其疼爱，她的疼爱不太像对一个晚辈的爱，而是一种同龄的关爱，这种关爱中又带着人类生命中描述不出的期冀，与电影《返老还童》中，本杰明与弹钢琴的老奶奶的相处方式颇为相似。

一块手巾平整地包在一个方方正正的物件上，姥姥娘轻柔地解开它。这是一个糕点盒，有些破旧了，姥姥娘用发黄的指甲抠开盒盖，小心地将它放在桌子上。里面藏了什么宝贝？我凑上前去，调皮的小孩子总是满头大汗，我倒是管不了那么多，直接将脑瓜子顶在姥姥娘的下巴上。

“哈哈，你别着急，俺还没拿出来呢，哈哈……”姥姥娘笑得前仰后合，笑声是像水壶烧开的声音，不一会儿，连声音都笑没了。

我摇头晃脑，看她笑，反而更加来劲了，直接将脸埋进盒子里。盒子里的味道说不上来，有点像柴火味，也有些食物残留的香味，将整个脸埋进去，自然看不见里面有什么。我退出来一些，光线照了进去。里面原来都是我曾经的玩具，很多玩具我都忘记了何时何地与它们形影不离。我这个人，打小就恋旧，只要陪伴过我的物品，我都视为至宝。失而复得，心情好上加好，每个玩具都要拿起来摆弄一番。姥姥娘再次卷起一支烟，抿起嘴，慈祥地看着我。

前文说到的“长老”，必定要有一定的权威。姥姥娘是有权威的，只是行动不便，就算大权在握，也需要有人帮她买来好茶好酒，做几道软糯的饭菜。

周末，是家庭餐，晚饭通常更为丰盛，卤鸡爪、蛋卷肉、素丸子、凉拌猪耳、凉拌猪肝、炸花生米、拍黄瓜、姜汁皮蛋等凉菜齐刷刷地摆在桌上，炖鸡、炖排骨、炸藕合、炸带鱼、烧茄子等热菜从不缺席。姥姥与舅妈奔走于厨房和客厅之间，姥爷摇着蒲扇从前院走来，舅舅将两桶井水倒入储水缸里，母亲站在镜子前涂涂抹抹，我与妹妹拿着彩色粉笔在水泥地上画画……姥姥娘步履蹒跚地走到桌前，一声“吃饭吧”，大家便迅速停下手上的工作，排队洗手后，以姥爷为首等待“长老”入座。姥姥娘不入座，大家是不能坐的。一张桌子，一家人，不多不少，正巧构成了一个圆。姥爷常年充当“试餐员”的角色，夹起一块排骨，放进口中——“嗯，挺烂乎”，随即又另夹起一块放入姥姥娘碗中。不一会儿，姥姥娘的碗中摆满了精华的食物，姥姥和舅妈则谨慎地观察她碗中的食物，姥姥娘吃多吃少关乎着她们下一顿要怎样调剂饭菜的花样。酒呢？不能没有酒。按照酒量从低到高来排，舅舅二两，姥姥娘三两，姥爷半斤，母亲的酒量要看大家什么时候没收她的酒瓶了。其他人的杯中也都倒满了茶水饮料，大家共同举杯，祝酒词离不开团聚、健康与事业。

在饭桌上，聊天的内容要看我们饭饱的程度，也要看大人们饮酒的心情。通常，大家首先给予姥姥娘的身体一致的关心。九十岁的老人，除了耳朵有些背，其他倒是没有大问题。之后聊的可就多了：家人的工作问题，谁谁的战友去世了，某某的发小离婚了，隔壁老X家的孙子太调皮了，北京申奥成功了，家里该换个电视机了……姥姥娘酒足饭饱，要回她房间抽烟，后面的话题她并不感兴趣。随着姥姥娘离开饭桌，我和表妹也按捺不住了，打算去找点新乐子。酒过三巡，姥爷一定会皱起眉头，多半是因为母亲生活中的一些琐事；舅舅已经上了头，红了脸，目光呆滞，偶尔跟着姥爷附和两声；姥姥和舅妈你一言我一语地好言相劝，母亲一个人要对付那么多人实在不好受，那么，这杯酒继续浇愁吧。殊不知，借酒浇愁愁更愁，隔壁屋的姥姥娘肯定最了解，因此她又续上一根香烟，深吸一口，淡灰色的烟从她的口鼻中冒出。

姥爷长相英俊，他曾经当过兵，做事雷厉风行。每天清晨，他都会拿着收音机与蒲扇出门遛弯，一直走到虎山或泰山。当我在睡梦中醒来时，他早已把买来的饭摆在了桌子上：油条、油饼、豆浆、豆腐脑、茶叶蛋……我下楼吃饭磨叽，此时大家早就吃完了，这时候，姥爷会从锅中拿出我最爱吃的豆沙馅粽子，剥开，蘸一蘸白砂糖，一口吃下，香甜软糯，似乎能暂时忘记头天晚上的争吵。

吃完饭我要先“练功”，要不然对不起刚才的两个大粽子。找个空地拳打脚踢，模仿黄飞鸿的佛山无影脚，学习令狐冲的独孤九剑，陈真的霍家拳我也学了两招。一天，姥爷也来了兴致，耍一套花拳绣腿之后，拍了拍肚子：“冬冬，来吧，给我一拳，看看你功夫怎么样。”我愣住了，平时“练功”都是独自练习，还从未实战过，顶多捶捶沙发，踢踢墙面，突然让我打一个活人我是有些不敢的。母亲站在旁边说：“爸，你可别让他打，这个家伙劲儿可不小。冬冬，别打姥爷啊！”我看向姥爷，他骄傲地甩甩头，脖子一歪一歪的，我心里想：瞧不起我吗？“来吧，就一拳，姥爷能扛得住。”母亲瞥了我一眼：“轻点儿。”我像是拿到了尚方宝剑，告诉姥爷让他准备好，随即全力照姥爷肚子就是一拳。后面的整整两天，我都不敢抬头看姥爷，我知道那天我把姥爷打痛了。

我们很少踏足姥爷的卧室，记忆里我一共进去过两次。早上姥爷醒来，会用一把铜锁把卧室的门锁住，直到晚上才会打开，进屋睡觉。就算是姥姥，我也没见她进去过。某一天，也许是姥爷来了兴致，把锁打开，叫我们进去参观。在这里，我看到了许多具有历史意义的照片，看到了青年时期在部队的姥爷、童年的母亲，以及姥姥娘年轻时候的样子。姥爷的屋子简直一尘不染，玻璃透亮，写字台整整齐齐，豆腐块般的被子安静地躺在那里，屋子里的物件摆设与姥爷的气质浑然一体，令人敬畏。直到现在，我依稀还能闻到屋子里的味道，如果让我形容，这是旷达豪迈的味道，充满英气，在这里看不到英雄落幕的衰败。

姥姥其实有她幽默的一面。她经常形容我和表妹是一只狗、一只猫，还自编了一个顺口溜，常常惹得我们大笑。我和表妹这两只小动物也确实最爱往她的怀里钻。相比姥爷与母亲豪爽外向的性格，我在她的身上看到的是生活中应该具有的底色，说白了就是勤俭节约，会过日子。柴米油盐不必多说，去菜市场买菜，一斤土豆都要货比三家。老人们都会织个毛衣，做床被褥，姥姥也不例外。我最爱玩的就是她的顶针，我曾以为那是枚戒指，常常戴上它，去找表妹炫耀：“我结婚了！”除了顶针，我喜欢的还有缝纫机。脚下的踏板越踩越快，台面的针杆上下快速运动，要是放在今天，相信很多人会把缝纫机当作一种解压的工具吧。姥姥是故事里的重要角色。“姥姥家”包含了许多人，从名称上看，姥姥尤为重要。她像是一杯水，看似不重要，实则我们谁都离不开她，她浇灌了我们，养育了我们。

舅舅的性格倒是与姥姥颇为相似，没有任何功利心，善良单纯，找个动物来形容他，那就是大象吧。舅舅掌握的技能可不少，半个电工，一个木工，一人能顶一个施工队。他常年大汗淋漓，到处找水喝，总是带着微笑。舅妈以前是护士，后来不记得她从事什么工作了。她年轻的时候还是很漂亮的。她喜欢与舅舅吵嘴，大多数时候，舅舅甘拜下风。

再来说说表妹。表妹整整比我小一岁。我喜欢来泰安的大部分原因是这里有一位可爱的玩伴。她小时候胖乎乎的，笑起来眼睛弯弯的，两个小酒窝印在脸颊，谁见了都想戳两下。我们一起冒过的险可不少。

那几年的趣事可多了。

每逢初一、十五，姥姥他们就会去赶集，除了采购日常用品，就是买一些新鲜小玩意儿给我和表妹玩儿。某一年的冬天，舅舅抱了一箱小黄鸭回家，从那天起，我开始照顾小鸭子，直到我不小心走路踩死一只，过几天一屁股又坐死一只……小黄鸭的事情是黄了，不过没有关系，舅舅又买来一只小仓鼠。我把它放在笼子里，它在阳台睡了一夜，第二天一早，我发现它被冻死了。仓鼠死后当天，我和表妹把它埋在了一个小土堆里。埋好后，两个小不点双手合十，祈祷着它来世能生在一个好人家。别着急笑，来年的夏天，我不知道是哪根筋搭错了，又把它给挖了出

1996年，在干休所奔跑的我。

来。我惊讶，才过了半年，它就只剩下一小堆白骨了。

寒假我也喜欢，因为寒假里有春节，而春节则属于我和表妹。年末，街道上能见到不少卖鞭炮的商贩，我和表妹路过，常常迈不开腿。摔炮、窜天猴、滴滴金儿都是我的最爱。拿出一根滴滴金儿把它埋在土里，点燃后“噼里啪啦”，尘土飞扬。我俩凑上去，闻着鞭炮燃烧后的气味，看着一条黑色的印记留在土堆旁边，成就感十足。我们放鞭炮，只有你想不到，没有我们做不到。我们将窜天猴扎在土里，瞄准隔壁爷爷家，点燃后撒腿就跑。姥姥家的北院有个鸡窝，不远处还有一个狗窝，有了鞭炮，我们就可以看到真正的鸡飞狗跳了。春节自然要穿新衣服，刚过初一，衣服上就被烫出了洞，回到家东躲西藏，生怕被发现，这就叫“躲得了初一，躲不过十五”，等到母亲发现了，少不了一顿臭骂。

姥姥家是避难所，在这里，一个孩子可以在纯真中任意游走，大肆玩耍后，夜晚的繁星会驱赶梦中的恶魔。

夏季，没有一个孩子不期待，我也一样。夏季，也是游山玩水的季节，虽说姥姥家住在泰山脚下，距离泰山咫尺之遥，我们却不经常去那里，怕是游客太多吧。我们会沿着小路去另一座山，这座山的名字十分气派——虎山。虎山上有一座公园，叫“虎山公园”。听说，乾隆皇帝曾在此打猎，射杀过一只老虎，后来，大家都认为这座山是有老虎的，但是我一次也没见过。对于一个孩子来说，虎山公园是一个大千世界，是值得探索的锦绣花园。这里有两个地点，我总时不时地想起。

首先，就是公园内的旱冰场，就是在那里，我学会了滑旱冰。滑旱冰太有趣了。小孩子总是学得快一些，我和表妹去了两次就已经滑得十分熟练了。我的特长是向前滑，笔直地滑。可惜，我总是学不好向其他方向滑，特别是向后方滑。表妹学得比我快，我有些懊恼，只得放弃不擅长的方向，只攻特长。

我痴迷滑旱冰，踩着脚下的轮子一圈又一圈地驰骋在旱冰场上，这让我初次感觉到了自由。夏季的暖风拍打着脸蛋儿，这样的自由让我安心。艳阳高照的日子里，在姥姥家一住就是一个月，两天不去旱冰场就要发脾气。“不滑冰我就不吃饭！”我冲着大人们喊着。这时候，表妹也不甘示弱：“不滑就不吃！哼！”表妹倒是可爱，说完后还画龙点睛般地加了一个白眼，气得舅舅直跺脚：“你不吃更好！正好减肥，瞧你胖的！”就这样，在两个小鬼的央求加威胁下，大人们还是妥协了。知了在树上的呐喊与旱冰场内播放的迪斯科音乐巧妙融合，产生了一种奇特的独一无二的声音。这种声音的音色醇厚且优雅，音质纯粹而低沉，两段音轨好似两处瀑布合二为一，飞流直下，掷地有声，颇为震撼。我与表妹走在路上，享受着胜利的喜悦，一路上得意扬扬。

第二个地点，是虎山水库。这段记忆可能更加久远，久远到湖光潋滟，久远到嘉木成林，久远到记忆的线条刚要勾勒上色。

我记得虎山水库时，似乎自己刚刚睁开眼睛，世界就是我看到的样子。我和家人们走到一棵大柳树旁倚靠着小憩，柳枝低垂，柳叶嫩绿，触手可及。零食与乳制品堆在我的身边，几位长辈环绕在我的周围，他们眺望远方。柳叶随着微风摇动，阳光在柳枝间的缝隙中来回闪烁，照耀在地面的沙土上。野草充满了生命力。骄阳红着脸蛋冲我微笑，它娇羞了，羞起来也是那样炙热。水库大极了，家人牵着我的手，站在水库旁，水面平静，十分内敛。芦苇摇荡，倾诉着它的爱恋，颇有诗意。水面上有白鹭吗？或

1994年，第一次去虎山公园。

许有，或许没有，这都不重要。与美女相视你总不会一直盯着美人痣看吧，所以，我看向了远处的山峦。几万年前它们静立在了那里，在这一刻它终于等到了我们的赞美。它们摆出了千奇百怪的造型，我们发挥想象力，迎合心中所需，每个人都在心中设计出了独一无二的石像。虎山水库好似一位老奶奶，安静地卧在那里，由衷地通向宁静。由此，我的生命底色，多了一抹忧虑。

明天与意外不知道哪个会先到来，回忆可以穿过邈远岁月，可惜有些东西一旦逝去就永远回不来了。九岁之后，父母去民政厅领了两张崭新的离婚证，从此以后我与父亲一起生活。姥姥家成了一座失乐园。中间隔了几年，确实很长一段时间都没有再回泰安。自打电话那头姥姥他们的语气变得客气了起来，我就开始失望了，我知道想象与现实间有一种巨大的张力，没有人能拿得起放得下。

有一天，我终于回去了，心里踌躇迟疑，惴惴不安。我的嘴角长出了小胡子，说话的声音变得低沉。青春期来得有些猛烈，它有些孤独，又有些自闭，就算再愚钝的人青春期也是敏感的。

“冬冬回来了！从北京来我们这个小地方了，走，咱们去饭店吃饭。”姥爷说道。“不去了姥爷，咱们在家吃吧，就和以前一样，买点鸡爪子、猪耳朵，再做个丝瓜炒鸡蛋就行。”我一边说一边看向大家。“家里没什么好吃的，在家里做太麻烦了，出去吃多好呢？你别管了。”母亲便直接做了主。“从北京回来了，怕是也吃不惯我们做的饭菜了吧？”母亲瞥了舅妈一眼，意思是让她闭上嘴。

我全身上下写满了尴尬，脸涨得通红。这时候，姥姥娘从屋里走来，她倒是没有什么变化，只是有些无精打采。她扫了我一眼，转头问向姥姥。“这是谁啊？”“是冬冬啊。”姥姥回答道。“冬冬？”姥姥娘惊讶道，“哎呀！都长这么大了！”她把脸凑上来，仔细看了看我。我闻到了熟悉的烟味。她的眼睛里泛起了泪光，我也一样。她的记忆有些紊乱了，只能零星地记住过往的某些时刻，一个小时内连续问了我三次“你是谁”。我体验到了无助，也是第一次切实地尝到了逝去的苦楚，那些想要抓却抓不到的，都随着时间悄悄流走。她将那个古董食品盒再次拿出来，解开手巾，我替她把盖子抠开，她拿出了小汽车、小玩具，说道：“这些都是冬冬小时候的玩具，你是谁啊？”

表妹也长大了不少，她上初中了，虽然初见有些生疏，但是不一会儿，她就带着我打卡了我们曾经淘气过的景点。她让我逐渐放松下来，弯弯的月牙眼，上扬的嘴角与酒窝，一如既往。

长老和小不点，一如既往。

这次短暂的相聚让我有些失望。我当然知道他们为什么会阴阳怪气，家庭琐事的纷扰，让大人们失去了理性，他们并不知晓一个孩子的童年里最美好的回忆就是儿时的姥姥家。此时，我站在姥姥家的客厅却小心翼翼，担心惊扰了童话里的野兽。

梁实秋在《送行》里写道："古时交通不便，一去不知多久，再见不知何年，所以南浦唱支骊歌，灞桥折条杨柳，甚至在阳关敬一杯酒，都有意味。"离别，是我们都经历过的事；离别，便天各一方，无法相见。一句"再见"也是对死亡的讳莫如深。他乡与故乡，一碗汤面，一顿水饺，分开的郁悒，重逢的喜悦，生命的无常在一次次的相见别离中窥测时机，冷不丁地动下手指，便可让人痛不欲生。

几年后的一个夏天，我接到了母亲的电话，电话那头的母亲悲号，姥姥娘去世了。其实上次回去，我就听到了他们的议论，大概是为姥姥娘找了一块好的墓地，有山有水……

挂掉电话，来不及哭泣，只是感觉一阵眩晕，沉痛与悲戚才缓缓地袭来，不一会儿胃部开始痉挛。姥姥娘过世，我没有回泰安，因为我怕他们的眼神，我怕我哭不出来，我怕仅存的美好记忆被哀鸣占据。

两年后的一天，我正在国家队集训，父亲告诉我姥爷去世了，让我回泰安见姥爷最后一面，我得知消息后直奔泰安。到了泰安以后，我发现市区的老建筑被一栋栋高楼所替代，真是遗憾，黄面的也都消失了，鸟儿越来越少，卖地瓜的大娘早已不见，姥姥家破旧不堪的房子孤独地卧在那里，四周的建筑傲娇地俯视它。我在远处凝视着这栋房子，它也在凝视我，如果某一天它不见了，我是否要向他人提起，在巍峨的泰山脚下，有一栋房子，房子里藏有爱和果浆。

姥爷躺在棺材里，出奇的平静，我不敢长久注视，这令我心生恐惧。“沉沉地睡去”常常用来形容已经死去的人，但真正近距离地凝视死亡，却发现那与睡着不一样，是一种生命的凋零。姥爷的面容犹如脱水一般，身体只剩下了身体，脸庞也只剩下了脸庞，上天为他按下了不能重启的关机键，卸载了他的意识并上传到了宇宙的某个角落。稍稍敏感的人都能察觉到，有种东西从他身上逃离了，这样一种不可捉摸的东西，就是灵魂。

死亡的仪式必定要声势浩大，舅舅举起一个大碗，重重地摔在了地上，大家齐声哭泣，仪式开始。母亲几次哭晕了过去，我却被死亡的能量威慑住了，恐惧大于悲伤，怎么也哭不出来，只能低头回想过去的一切美好。一切美好已物是人非，身旁这栋可怜的房子像姥姥娘常年直不起来的背。想到这里，我用力地挤出两滴眼泪。我与舅舅坐在灵车里，姥爷躺在我们身后，我们三人同处一个空间，姥爷盖上了一块白布，我不停地回头看他。一路上，灵车摇摇晃晃，玻璃叮咣乱响，夕阳斜射进车内，我想起了多年前与母亲乘坐大面包的情形。同样的夕阳，一道射出，指引我们相聚；一道射出，护送我们别离。

从火葬场出来，我捧着姥爷回了姥姥家。姥爷的遗像立在房厅，前面是他的骨灰，周围是茶水，今晚我们要守灵。家人们坐在一起，屋里点了不少蜡烛，到了深夜，大家的喘息声听得一清二楚。我走向门口，望着头上的星空，看累了就坐了回去，天使摸了摸我的脑袋，我轻轻地睡了过去。

我做了一个梦，梦见了姥爷，他在梦里说他很渴，我吓得突然惊醒，告诉舅舅，姥爷渴了。舅舅走到遗像前，发现姥爷的茶已经没有了，我像被电击了一般，怔怔地坐在椅子上，一夜没再合过眼。

我想，现在去看姥姥他们，应该还来得及。

天津的故事

我从济南来到北京生活，将近二十年了，不过，这其中有一年多，我是在天津度过的。在天津的故事，我很少与别人说起，其中的趣事还真不少。

2001年，我来到北京，当时在北京军区的六一小学上学。经过一整年的学习之后，我把普通话说得像模像样了，也早已和同学打成了一片，本以为我会就此与他们一起生活到小学毕业，可是不然。2003年的“非典”突如其来，学校停课了，就在此时，父亲也正要带领国家队去天津的训练基地转训，这一转训不知要到何年何月，当然，我会跟随父亲一同前往，这也就意味着我又要转学了。

转学很难过，尤其是少年时期，同学们都没有手机，父母间的关系也仅限于某某的妈妈是她，某某的爸爸是他，此次分别，大部分同学可能这辈子都见不到了。我在家中隔离时，听到这个消息，首先想到的就是我的同学和老师们，我怕他们会责怪我不辞而别，一连哭了好几天。人家都说，生命就像是一列火车，朋友就像车上的旅客，不是所有人都能陪你走向终点。命中注定，我的生命不像是火车，倒像是地铁，两分钟就到了下一站，一开门，人就走光了。

等我到天津的时候，“非典”已经结束了，父亲在西青区买了一套房子，距离国家队比较近。父亲从老家把奶奶和爷爷接到了天津，方便照顾我。奶奶是胶东女人，一位持家的女强人，因为家庭原因，错失了上学的机会，所以她不识字。她日夜不停地操持家务，习惯凭经验和直觉做事，家里人谁要是同她唱反调，那就等着挨她的数落吧。奶奶疼孙子，疼归疼，但管教小孩子的方式却十分老派，具体有多老，可以追溯到那个用马匹拉火车的年代。爷爷曾经当过兵。我这位爷爷不是我亲爷爷，亲爷爷去世已经几十年了，打我记事起，我的这位爷爷就在奶奶身边，因此他就是我的爷爷。我的爷爷文化水平也不高，曾经是位通信兵，过于忠厚老实，和善的性情仿佛都写在了脸上，他在家中只听令于他的老伴，四川话都知道，这叫“耙耳朵”。

天津的这栋楼总共五层，我家在二层，大概有一百平方。楼下住的是天津农村的一对夫妇，家中的孩子与我同龄，每天都光着膀子，因为他父亲就是这样。他经常穿着一双藏蓝色的拖鞋，拖鞋脏兮兮的，比他的脚要大出三四个号，因此他走路时，脚指头总会碰到地上。这户人家不管见到谁，都称呼为“姐姐”，刚来的时候我还纳闷，后来才知道，这是天津人的口语习惯，不少人都这样讲话，不管对面的人是男是女，是老是少。两口子每天都会从屋里端出来一个圆柱体的锅，将它放在单元门旁一侧，再找出几块砖，搭个“灶台”，把这个圆柱体放上去，然后一路小跑回到家，抱出一堆木头，天知道他们家怎么有那么多的木头！锅中倒满水，点着木头，开烧。这个小男孩皮肤黝黑，蹲在地上拿个蒲扇掌火，灰色的烟雾时常飘进我们家，晾晒在阳台上的衣物像是熏腊肉。奶奶和他们吵过几次架，我见不得别人吵架，因此谁赢谁输我并不知道，总之他们在楼下用这种方法烧水，一直烧到我回北京。一楼的另一户人家是开小卖铺的，老板娘姓马，我叫她马阿姨，她有一个女儿，比我大两岁，学习还算不错。她的男人总是笑嘻嘻的，憨态可掬，看起来像个文化人，一家人总是其乐融融，只是这位马阿姨常年拄拐，每次与她打招呼时，我总会不自觉地盯着她的腿，那一条悬在腰间又细又弯的腿。我想，她在家中开小卖铺，可能是她的男人想让她分散一部分精力吧。我家对面的一户也是一家三口，他们有些奇怪，见面从不打招呼，每次开门都会准确地开到仅仅一个人侧身才能进出，然后迅速地撞上门，我们自然交际不多。

这个小区我忘记叫什么名字了，环境一般，不过有一个小广场，里面架着几个健身的设施。这里是奶奶和爷爷的“根据地”，去运动是幌子，与同龄人聊闲天儿可是正经事。有一次，爷爷心血来潮，准备在几位老头老太太面前表演荡秋千，结果一个不小心，竟然把自己荡飞了，重重地摔在了地上。这段故事被我奶奶当成笑话讲了好几年，说他人来疯，瞎逞能。在这小区里，有一位爷爷，姓高，个子也挺高的，经常穿着白色运动套服。他喜欢打乒乓球，喜欢踮着脚尖走路。他好像没有老伴。为什么提到他呢？因为有件事我一直还挺愧疚的。

小区内有一个乒乓球台，这台子搭在两栋楼中间，孤零零的。有一天我下了公交车，正要进小区准备回家，看到两三个人在打乒乓球，其中有个穿着白色运动服的爷爷打得尤其好，一个正手的抽球，抽得老远，打得两个小伙不停地转身捡球，由此，我便记住了这个老头。怎么和他熟起来的，我倒是忘了，只记得有段时间，每逢周末上午九点半，我都会准时给他家里打电话，约他去打乒乓球。我俩的球技差不多，我可能略高一筹，至于高爷爷有没有放水，我不清楚。

有一天晚上，我们吃完了晚饭，正巧高爷爷来我们家做客。打完招呼后，我继续进房间写作业。作业写完了，自己就再瞎忙一会儿，写写画画的，或者听听音乐。临了，到了睡觉的点儿，高爷爷还没走。我睡觉一向害怕吵闹，眼看过了十一点，客厅里的三个老人依旧喋喋不休，高谈阔论。我一气之下光脚走向客厅，客厅灯光刺眼，只见高爷爷正准备走向门口，看来是要回去了。我也不知道我是犯了什么病，就只听我自己在那里嘟囔：“您怎么不坐到两点钟再走呢？”奶奶皱起了眉，瞪我了一眼，高爷爷有些不好意思……

后来，我碍于尴尬，再也没找过他打球。

父亲对我的学习还是比较在意的，把我送到了天津市的一所重点小学。我们年级一共十个班，我在第十班。这个班里几乎没有学习不好的学生。刚开始来到这个班，我基本什么课都跟不上，因为北京的课程相对于天津这里来说过于简单，除了语文我还勉强可以，数学和英语令我直挠头。说到英语，我恨死那个老师了。

这个人姓李，他全部用英文讲课，我在底下听着从他口中吐出来的单词和句子像是在听天书，只能低下头。可是他不管我举没举手，上来就点名叫我回答问题，我回答不上来，他就气势汹汹地走到我跟前，歪着个脑袋，一边拍我的书桌一边大声地重复着答案。我看他啊，以欺负我为乐！有一次，我英语作业没有做好，他在课堂上当场把我的作业本给撕成了两半。我的脸涨得通红，一直红到耳朵根儿。后来，我开始反抗，把所有与英语有关的东西全都扔进了垃圾桶，随后在上面吐了几口黏痰，敬那个姓李的。英语课上，他问到我的书和我的作业时，自然一问三不知，只好请家长。奶奶来到学校，便开始质问我，我怎么可能说实话，就说带着黏痰的那些东西自己消失了。这次轮到姓李的在一旁听天书了。奶奶不会说普通话，她的老家话让我扳回了一局，我在两人之间当上了翻译。奶奶说一句，我在后面补上一句，姓李的看奶奶说完，再看看我，不一会儿就垂头丧气了起来，估计是觉得这家人确实没办法沟通，他也就没有再追究这件事。后来，我买了新书和新的作业本，英语课也恢复了正常的样子。那天估计他也顿悟了，可能是因为即使他没听懂奶奶的老家话，奶奶也没有歪着头，去撕他的教案。

学校对面有一个公园，叫睦南公园。公园不大，欧式风格，低调，典雅，别有一番气质。这座公园平日里安安静静的，等我们放了学，公园内很多小孩子，还有几位老人。有一次放了学，我与同学在公园玩耍，正巧有剧组在里面拍摄，我们认出了一位演员，在某电视剧中扮演过男配角。同学们开始一窝蜂地要签名，等我从书包里拿出纸和笔的时候，人家导演却说“各位稍等一下，我们这里要开机了”，大家一哄而散。过了一会儿，天色渐晚，我也要坐公交车回家了，走之前，我要例行在公园内的厕所“方便”一下，毕竟回家的路程较远。我刚站到便池的边上，只见一位高个子的男人穿着民国时期的衣服站在了我的旁边。他走过来的时候我吓了一跳，仔细一看，这不就是那个演员吗！我一边方便，一边转过头来和他讲话：“叔叔，能给我签个名吗？”这位演员顿时笑得合不拢嘴了：“好，好，等我把裤子提上……”随后，我拿着他的签名，从厕所里跑了出来。这签名早不知道扔在哪里了。

天津的运动氛围还挺好的，市中心有一个篮球公园，每逢假期，我都会与同学相约，到这里打篮球。我喜欢篮球要比喜欢足球多一些，因为我的预判能力还算不错，所以经常抢断。我还练了很久的后仰跳投。我喜欢在球场上拼抢时的激情，喜欢听篮球在篮筐中落下的声音……总之，篮球在我当时的生活里占了很大的比重。好，现在说点实话吧。我喜欢打篮球，是因为女同学。我们班看球的女同学比较少，毕竟人家以后都是要上耀华，考南开的。别的班有那么两三个女孩，只要我们一打篮球，准时就到。她们为什么那么准时，这谁知道呢。打篮球的那天早上，我早早地就起了床，洗澡，穿上运动服，找奶奶拿几十块钱，有时候不小心给多了，她想要从我手里再拿回去，想都别想。我坐在公交车上，戴上耳机，听着随身听，脑子里一遍又一遍地幻想着我进球之后，她们的欢呼和尖叫……公交车司机通过后视镜仿佛看得一清二楚，我的快乐逃不过他们的眼睛。

说说学校里的同学吧。我在这所学校待了一年。我知道这所学校不是很好进的，大部分学生也都是达官显贵的孩子，我们班的同学更夸张。学校坐落于天津市著名的“五大道”内。“五大道”不用过多介绍，大部分的建筑是上世纪二三十年代建成的，多为当时租界的洋人们居住。下了学，我便和几个同学一起回家，有个同学刚走几步就到家了，没错，街旁的一整栋洋楼就是他们家。晚上有几道题不会，我会打电话问同学，保姆接通后会在楼下喊一声同学的名字，一两分钟后，便可以清晰地听见下楼梯的脚步声，这时，电话两端的人才能说上话。有一次，我被邀请了去同学家玩儿，这位同学住得比较远，但是他们的小区看起来十分气派，坐上电梯，一开门就是他们家。那是2004年，餐桌上摆满了最新款的掌上游戏机，他妈妈用各种先进的料理机制作果蔬饮品，在他们家玩了一下午，我跑了三间不同的厕所。临走前，他妈妈不让我乘公交车，说不安全，伸手塞给我六百块钱，让我坐出租车回家。从他们家打车到我们家最多三十五块钱。钱我没收，不过我也没坐公交车，我用自己的钱打的出租车。这位同学姓刘，后来我听他说，他的父亲是著名的工程师，当时正负责国内的一项重大工程。作家冯骥才先生来我们学校礼堂讲课，讲着讲着，提到了他的孙子，他的孙子比我们低两年级，正坐在我的斜后方。类似这样的事情还挺多的。

入学仅仅几个月，我的学习成绩就提高了。我以相同的票数当选了语文课代表和体育课代表，老师说每人只能当选一个职位，我选择了后者。从此以后，集合整队的活儿都是我的了。我在学校中的体育非常突出，还算是个小名人，老师看我跑得快，就给我报名了天津市中小学生的百米比赛。我记得那天天气寒冷，我穿着父亲给我的蓝色kappa运动服，一到赛场就傻眼了，大家都穿着钉子鞋，专业的短跑服，我这一身看起来十分业余，起跑器我也不会用，还没等我准备好，只听见裁判喊道："各就位，预备……""啪"的一声枪响，大家一起冲了出去。几轮下来，我拿了一个第五名，有些沮丧，老师可乐坏了，她说我拿到第五名，超出了她的预期。我不觉得，我父亲身边的运动员随便拿出来一个都是全国冠军，我仅仅是一个天津市的百米第五名，而且还是小学生的比赛。我把这件事告诉了父亲，通常他都会勉励我，要我继续加油，我便不会再继续往下说了。

转眼间，我在天津生活了一年。在一个安静的傍晚，我在家中接到了父亲打来的电话，电话那头的意思是通知我，又要转学了，不过这次的理由是让我去北京的体校，一边学习，一边训练。他先肯定了我的运动天赋，又委婉地说起来指着学习将来出息，不太可能。我能说什么？我想说的太多了，但是父亲的工作那么忙，压力又大，他给我打这通电话不是来问我意见的，他一定已经安排好了我的去处，我就算不愿意又能怎样？我把所有的要说的话全部咽回了肚子里。分别这种事我早就习惯了，虽然依旧失落，依旧被生活摆布，但至少这次我说了“再见”。与同学分别的时候，我说过要回来看他们，我把他们的电话都记录了下来，而且北京距离天津这么近，总会见面的。但我没有再回去过。

我从济南的文化东路小学走向北京的六一小学，再从六一小学路过天津的岳阳道小学，最后又来到了北京的万泉河小学。我有时候还自嘲，说自己的小学同学将近两百人，没人比我的同学多。是啊，谁没事儿天天转学玩儿呢？过去，我总是责怪家人不能给我一个长久的安身之所，也怨恨生活常常拆散我的友谊，觉得老天总是给我一个大嘴巴之后，再还给我一颗糖果。日子久了，就算糖果递到嘴边，我也不敢吃了，因为大嘴巴太疼了。说来也挺有意思，当你越不敢吃糖的时候，大嘴巴扇起来就会越狠。

不过，这也是好事儿，现在我已经练就了与孤独共处的本领。谁也别自以为可以跟我讲道理，也别用那些早该束之高阁的两平方价值观锁我的喉。日子要一天一天地过，无数的日子要与无数的自己相处，无数的感情要找到适合它们宣泄的出口，自己和自己玩儿也不错，谁让我生来就是地铁，而不是小火车呢。

春夏秋冬

我爱这个世界，爱这个有着春夏秋冬四季更替的世界。四季让时间的年轮不再单一，正因为有了四季，我们才能幸运地寻找平庸与不凡；正因为有了四季，我们才可以寻找到春的舞蹈，夏的裙摆，秋的信件，冬的臂弯。不同的事件发生在四季之中，四季同样也映衬着我们的情绪。就像一阵春风，吹来了过往的故事，又一阵春雨，嗅出了去年的秘密，一阵风一阵雨，又迎来了日不落的夏季；夏季不伤感，因为它透支了整个秋季；秋季不哭，对不起满地的落叶；冬季寒冷，因为寒冷，眼泪就不易流下，因此它最适合疗伤治愈。

遗憾的是，我只能书写我的片面。因为我生在山东，长在北京，我只能感受到明显的四季变换，如果生在严寒或热带地区，我想，我的感触也是不一样的。四季对我来说，不仅仅是春夏秋冬，更像是情绪的管理器，每一个季节到来时，我都会适时地根据温度、环境、味道自动变换情绪。因此我可以说，我是四季的一部分，我归顺在他们的麾下，同被他们驯服的千百万生灵一样，我只是其中之一。

春天，是不知道何时才到来的季节，因为冬日漫长，在屋里待久了，常常会忘记时间，人一旦忘记时间，就会觉得漫长。突然有一天，阳光变得更加通透了，你知道，春天要来了。走到街上，你可以见到冬季里见不到的东西，因为冬季的阳光不够通透，有些角落你不曾观察到，就连冬季看不到的小石子也都从地里冒了出来。你想要春天到来吗？我说不好，可能有些矛盾，一来是春天喜怒无常，这“姑娘”要是开心了，给你两天的大日头，它要是受了点什么委屈，不是刮上几天大风，折腾得你夜里睡不好，就是下上几天的雨，稀稀拉拉，没完没了。二来呢，春天让人有压力，毕竟一年初始，我们要设计新一年的计划，捡起冬季丢下的工作，这往往让人一筹莫展。不过，春天也有让我喜爱的地方，比如味道。没错，春天有春天的味道，特别是下雨时，泥土混杂着雨水，从湿漉漉的土地里飘上来，沁人心脾。这味道像是一场预谋，这味道让人蠢蠢欲动，你会浮想联翩——要和谁打着雨伞穿过这条春雨小路呢？春天是有生机的，你可以为树枝上露出脑袋的淡绿色嫩芽哼个小曲，也可以脱掉笨重的衣物，悠闲地穿梭在闹市之中。

北京的春天和济南的春天没什么不同，到了四月初，街上可是穿什么的都有，老人小孩穿得厚实些，有的年轻人甚至都已经换上了半截袖。在一年之中，春天一般不会停留太久，一夜入夏也经常见到。其实春天值得留恋的就是春天本身，这位任性的“姑娘”时哭时闹，时而欢喜，她调皮，但她终将是个姑娘，她绽放出的生机是大自然重新轮回的初始，因此一切都显得欣欣向荣，让人忘记冬季的寒冷。冬季挽着懵懂的春季，来到世人面前，所以你才能见到春天纯真的舞蹈。

我常常怀念夏季，但是真到了那时候，我又会开始怀念其他的季节。

小时候的夏天可能没有现在炎热，不过，街上玩耍的孩子们从来不会“走”，总是你追我赶的，跑累了闹累了，就来到小卖部，几个人趴在冰柜上面挑选着自己喜爱的雪糕。有的小孩儿在旁边鬼祟地盯着钟意的雪糕，准备趁机拿走，有的为了稀有的口味抢得你死我活，乱成一锅粥，这时候老板就会皱起眉头说：“挑完了赶紧关上冰柜，冷气都跑出去了！”过后，大家都期待着撕开包装，尽情享受夏天的快乐。除了雪糕，夏天的冰镇西瓜一样美味。从冰箱里拿出一整个西瓜，将它从中间切开，分为两块，其中一块切成几瓣儿，大人们啃着吃，另一半留给小孩儿用勺子挖着吃。西瓜冰凉可口，用不锈钢的勺子挖上一个圆圈，一口吞下，既消暑又解渴。吃西瓜再配上喜爱的电视节目，便会更加的舒爽。

夏季，是炙热奔放的季节，把一切都给照亮了。因为这个季节太过明亮，我总是在这里写不出满意的文字——满意的文字总是不明亮。索性，夏季我就只用来记录，无论用笔，用眼睛，还是用电脑，记录我感兴趣的事情，记录花鸟鱼虫，偶尔也记录内心的骚动。不过，夏天有时也让人挺遭罪的，炎热的天气让人遭罪，树上的知了让人遭罪，过剩的精力更让人遭罪——这充沛的精力常让人烦躁，夏天总是上火，自己跟自己上火，也容易和别人上火。与冬季相比，在夏天，身体更多的部位暴露在外，荷尔蒙也弥漫在空气之中，因此，有时候夏天更能让人露出动物的野性。夏季也是恋爱的季节。虽然我没做过统计，但我估计，夏天，应该是恋爱的高频季，毕竟人挤人的世界里，谁知道你的荷尔蒙吹到了哪一位佳人的心里。

夏季的业余活动十分有趣，但是随着年纪增长，儿时的那些趣味越来越寡淡，得到了就不稀罕了，生活好了，乐趣自然就没了。夏天，一如既往地热，夏天，也让人越来越无所适从了。

我最喜爱秋季。不说别的，单单秋季自带的感伤属性就令我向往。惆怅、忧郁、哀伤等一系列的情绪是我生活中最易体验到的。这些情绪并不是从我自身而发，而是由物及人。因为看到了树叶的凋零，因此想到了生命的无常；因为感受到了北风的呼啸，因此看不到未来的希望；因为感觉到了气温骤降，因此可以再次怅惘，卸下厚重的行囊，一边敲打着键盘，一边整理忧伤。

秋天也是一个分手的季节，因为情绪的变换，年轻人也极易受影响，可能前一秒还在你侬我侬，寒风吹过，蛊惑了恋人的心窍，敏感脆弱的人逃不过，只因为寒风太美，太诱惑。

秋天令人孤单，也治愈孤单。秋天适合与好友聚会。夏天畅饮冰啤酒，那么秋天就喝点红酒吧。红酒一晃一摇挂住了杯，你知道有些人是要忘记的，有些人你怎样躲也躲不掉。秋天吃烤肉吧，烤肉不能一个人吃，烤肉使屋内温度升高，不一会儿，你会暂时忘记这个孤单的季节。

秋天，如果想哭就去哭吧，多年前有一首歌叫《秋天不回来》。虽然我不喜欢这首歌，但是它的旋律和歌词还真有点儿离别的那个范儿。相比《秋天不回来》，我当然更喜欢谭咏麟的《爱在深秋》，这首歌能让你哭得有理智。无论怎样，分手的人一定要听歌，听到动人之处一定要放声大哭，眼泪必须要流出来，因为这是对离别之人最真诚的致谢。

在我的世界里，秋天就是这样，我觉得没什么不好，经历过整个夏季的炙烤，人与自然都需要冷静一下，这时候秋季会给你来个变奏曲，这才让四季变得更有层次。

冬季，也是我喜爱的季节，因为冬季是我写作的季节，低温让人头脑清醒，逻辑清晰。在书桌上，打开电脑，不是在打字中沉沦，就是在键盘上迷失，有时候我一坐就能坐上一天，这种日子我无比向往。

冬季虽然寒冷，但是在冬日里，并不会像秋季那样怅然若失，因为冬季是治愈的季节。最寒冷的日子，屋子里往往最暖和。一望无垠的白雪也会治愈你的心灵。设想一下，早晨，你拉开窗帘，看到了一片白雪皑皑，你的朋友圈里都是雪的照片，如果你不出门，你就对不起上帝今日的馈赠。早高峰开车上班的人确实有些提心吊胆，不过没事，就算你开车上班也没关系，至少你会看到城市中不同的雪景。

雪与冬天总是分不开的。说到雪，我们想到的就是踩雪、堆雪人、打雪仗，这是多疗伤的娱乐啊，冻到鼻涕过了河，冻得双手麻木，你也得攥住一团雪球朝你喜欢的那个人的身上扔去，这也是对上一段感情最好的祭奠。我总是说，丘比特的箭是你自己射出来的。这不，你扔给她一个雪球，她还你一个，一来二去，月老就会让你加她一个微信，为春夏的约会提前做个准备。

冬季虽然寒冷，但它确实是最温暖的。它横跨了春节，这对于全世界的中国人来说都是最重要的节日，无论身处何方都会放下手中的事情回家过年。一家人相聚，温暖就是冬季的代名词。

春夏秋冬，组成了四季，四季的更替让我们的生活变得丰富，丰富的生活正因为有了四季的变化才显得炫彩斑斓。喜爱四季的人，也会拥有春的活力，夏的狂热，秋的忧郁，冬的温情；喜爱四季的人也爱着平庸与不凡，因为我们总在平庸中期待着不凡，在不凡中拥抱平庸。

春夏秋冬，好似四个不同性格的人，我们的性格里也有着它们的特点，那么你又最爱哪一个季节呢?

十八岁的夜游神

2010年，我十八岁。此时，生命就像一台加满油的新汽车，一只刚刚被点燃的蜡烛。

夏夜的十一点，我安静地躺在宿舍的床上，夜色早已湮没了整个北京城，静谧不能束缚自由跃动的心。我轻声地下了床，摸着黑换上了短裤、背心和运动鞋。乔装打扮完毕，蓄势待发。不一会儿，306宿舍阳台的窗户上露出了我的脑袋，这一步骤很关键，我称之为“观察敌情”。我熟练地将上半身探出窗外，左右观望隔壁几间屋子，因为这几间屋里住着教练。确定教练已经熄了灯，四位密谋已久的团伙成员深呼吸，准备出发。

熟悉的路线无论重复过多少次，依旧让人疯狂地分泌着肾上腺素。我打头阵，站在宿舍空调的室外机上，嘴里咬着笨重的钱包，全身微微发抖，小心翼翼地跨过另一面窗台。我喜欢大卫杜夫的男士淡香，临出发前往身上喷了不少。香水的味道在脖颈、腋下肆意挥发，不久，便飘入了经过的房间，屋内的鼾声短暂停止后再次响起时，我才敢继续前进，战战兢兢，又无比兴奋……如果从远处眺望，四个人像壁虎，也像走钢索的勇士，每一步都走得十分精确，缓慢地走，缓慢地爬。走在我身后的是阿龙，阿龙身后是老黑，老黑身旁是老乌。我们四人顺利到达二楼平台后，每个人都像是熟练的跑酷运动员一样，跳到一楼的空调室外机上——此刻一定不能站稳，要顺势借力，紧接着跳到地面，这样看似危险，实则能减少受伤的概率，毕竟谁也不想在急诊室里度过如此努力创造出来的美妙夜晚。虽然已经到了地面，但是紧张的气氛依旧没有减弱，就算是麻雀扇动翅膀，也会让我们胆战心惊——这要是被教练发现，都得吃不了兜着走，不是罚款就是请家长。四人弓着腰驼着背，小心翼翼地继续向大门口走去，努力使呼吸均匀。

路灯像是照妖镜，谁也不敢靠近。

保安大哥已经关了值班室的灯。马上面临最后一道防线了——三米高的大铁门。这里是体校的大门，门上挂着一把拳头大的锁，最可气的是，只要这扇门轻轻一动，门锁就像是上了发条一样响个不停。其实，我们早有计划，三个人紧紧地握着铁门的栏杆，另一人快速翻门而出。一个人成功后，换成其余三人依次“跃出”。

体校内外是两个世界。你看，体校的宿舍，过了十点半，几乎没有一盏灯亮。而体校外，灯火辉煌，浮生若梦。顺利出逃后，几人的胸腔不断地快速扩张，摆脱刚才紧张的余悸，呼吸着自由的空气，摩拳擦掌，一同享受着自由的狂欢。现在虽然暂时安全了，但是距离体校还是太近，不敢高声庆祝。

我们从来不走人行道，要么走非机动车道，要么走机动车道。运动员公寓离我们越远，我们声带震动的频率就越高。望向街道，道路两侧的行人似乎都带着疲惫，这与我们产生了强烈的对比。我们在路灯的照耀下看着自己忽高忽低的影子，仿佛游离在梦境。几人又计划着下一步去哪里，每次辩论后，十有八九是要去大排档，吃烧烤，喝啤酒，看女人。

步行十分钟就能看到烧烤店了。

这家烧烤店的名字有些简单，就叫“串”。我们随手捡了几个马扎坐好，老乌正拿着餐巾纸擦去上一桌客人留下的油渍，老黑正在给他的汉族女友发短信，阿龙不慌不忙地和我观察着大排档的人群。这个时间段出现在这里的人基本都是今天的第二场了，大家也都比第一场更加放松，从衣着上就能看出来，两三个北京大爷已经脱去了上衣，五迷三道。也有三十来岁，穿着衬衫西裤的男人们，这帮人分成了两派，一派垂头丧气，一派气宇轩昂。每次来大排档，这些人必定在这里。我们看够了这些脸红脖子粗的男人们，此刻，谁不想去看看女人呢？

我们左顾右盼，寻找女人。

老乌的眼神比较好，“哎哎哎，那里有一个！”四人齐刷刷地向老乌指的方向看去。老乌随即跟我们说：“慢点转头，要不然就被发现了。”

话音未落，不知哪位酒友把啤酒瓶踢倒了，紧接着是一连串的弹响声，这样的操作也见怪不怪了，这声音回响在空中，短暂的安静后，大排档又恢复了喧闹。

经营烧烤店的是一对夫妻，老板娘大概四十出头，年轻的时候也算是美女了，最爱穿红色的T恤，一年四季都扎着马尾，总是和客人打成一片，经常光顾店里的张三李四王二麻子，她都能叫得上名来。不过，老板娘的双手可惜了，皱皱巴巴毫无光泽，不用猜，这是被多年的炭火油烟折磨的产物。每次我和她说话时，都得克制自己尽量不去看她的双手，以表尊重。老板是位瘦弱的中年人，应该比他老婆大一些，平日很少听他说话。他一直默默地守在烤炉旁，机械地翻动着签子。他不像是北方人，至于他的长相，我压根就没仔细看过，现在自然也就记不得了，不过这也无所谓，反正在我们这群人的眼里，他只是个符号，老板娘才是真正的老板。

老样子，入座后就要开始点菜了。吃烧烤其实没有什么新鲜玩意，无外乎常规的肉串、肉筋、腰子和掌中宝……你要问我这是什么肉，正不正宗？管它什么肉，能吃就行。凉菜有什么？花毛一体、皮蛋豆腐，足够了。老板娘在微缩的点菜本上简单画了两笔，顺手拍了拍我的肩膀说："你们自己拿筷子和酒杯啊，我现在就去给你们拿酒。还是老样子呗？"我回头看向老板娘说道："是的，辛苦了。""好嘞，啤酒马上就来！"说着，老板娘已经穿过了几张酒桌，去给我们搬啤酒了。

这是酒神降临前吹响的最后一次号角。

夜已经很深了，不凉也不热的微风已经来回吹过了几遍，我们大口地吃着肉，一杯杯黄色的液体快速通过喉咙到达胃部，两眼一眯，霓虹灯在吞云吐雾中逐渐失焦，大排档前的“串”字变得梦幻，几个人说话的声音越来越大。阿龙的脸红了，红得很透，浓重的广西普通话喋喋不休；老黑和老乌是内蒙古人，都是蒙古族，不一会儿，他们肯定又要开始抱怨北京的草太少。你看吧，他们再喝下去马上就要唱歌了。这些豪爽的蒙古人啊。

平时这样的聚会，我和阿龙总是话题的领导者，我们计划着未来，设想着不远也不近的明天。阿龙说：“我以后要去打篮球，街头篮球。”没错，阿龙篮球打得很好，我与阿龙是队友，专业都是格斗类的，虽然他穿上鞋才一米七。老黑望向天空，试图寻找他最熟悉的几颗星星，说道：“我要回家放羊，开着路虎放羊。”老乌则比较务实，他就是想挣钱，越多越好。什么方法挣钱呢？谁也不知道。而我，想要的有点多。首先，我想要一个新女朋友，现在的女朋友管我太严了，没有自由可言。其次，我想要所有人都觉得我厉害。哪里厉害呢？不知道。再次呢，和老乌的想法一样——变得有钱。

偶尔我们也会聊一些别的东西：周杰伦和王力宏的新专辑没有以前好听了……谁谁谁买了iPhone4了……世博会反正跟我也没关系……《男人装》这周装女郎是谁啊？……我还是买双新鞋吧……无聊透顶的对话让我们陷入了死循环。我们还不明白要怎样理解世界，对人群、对世界、对自己也都一无所知，只能无穷地抱怨。每个人都想要攒点钱，向家里要钱也好，省吃俭用也好，去买一部苹果手机，不买没人会瞧得起你。世界变化太快了，欲望太多，海水太少，虚荣会掏空你的钱包，没人会耐着性子坐下来与几个毛头小子促膝长谈，说教青春。毕竟不会有人想要把时间投资给这些看不到未来的年轻人。撒尿和泥的美好日子一去不复返了。能怎么办呢？只能喝酒了。

“训练真累，每天都是那些东西……谁谁又受伤了，哎呀，训练不科学呗……某某队周末又放假了，哎，他们教练真好，就咱们队不放，没人性，我要是当了教练，一定比他们教得都好。”如果把做运动员时期所有说过的话全部下载，上面的这些内容肯定是高频出现的。

过了午夜，酒精逐渐上脑，脖子像是一条拧不出水的旧毛巾，来回摆动。酒神好像用力地拍了一下我的后脖梗子，我反射性地迅速抬头，先前熙熙攘攘的人群已走了大半，路旁只剩了零星的几桌依旧坐定，我眯眼看着他们，竖起了耳朵。哦，有几对小声呢喃的孤男寡女正在制定下一步的行动计划，还有几个光头大哥正在划拳，他们东倒西歪，有失风度。对了，最开始的那个女的去哪里了？她喝多了吗？她能自己回家吗？算了，想她干什么，想来想去，人家又看不上你。我们四个人虽然有些醉意，但还算精神，时间才刚到夜里两点。没事，不着急，怎么着也得把最后一桌熬走再回去，出来一趟很不容易。

喝酒的人多少都有些小习惯，特别是喝啤酒的人，有的喜欢对瓶喝，有的喜欢撕掉啤酒瓶上面的标纸，而我们，都习惯了将喝过的啤酒瓶放在脚旁，每人都要数着自己喝了几瓶，以免掉了队。因此，下半夜，我们像是在做行为艺术，被绿色的“凶器”包围着。

不知过了多久，我提着裤子从厕所出来，老板娘坐在了我的位置上，见我走来，她站了起来，几人随即也都立正，我们与老板娘喝了两杯。那个执着烤串的“姐夫”在远处挥手微笑。我环顾四周，不错，眼下空无一人，就剩我们最后一桌了。再看看桌上的菜，什么也没剩下，就连拍黄瓜上面的蒜末也没能幸存。我抢着结了账——其实也没人跟我抢这个头奖。

酒劲还没过，街对面的早餐店开门了，我小跑过去，买了两屉小笼包，招呼对面的三人来吃早点。

北京夏日的清晨是圣洁的，因为你知道，在这里，无论前一晚经历了什么，阳光总会在不久后如约而至。此刻，天边还未泛起鱼肚白，倒有些凉意，也许是凉啤酒喝多了吧。

路边的树木显得高大了起来，带着自然的肃静与威严站在那里。烧烤店收摊了，我们呆呆地注视着这对既熟悉又陌生的夫妻。男人弓着腰，收拾锅具，随后骑上三轮车，女人处理完我们最后一桌的垃圾后也跟着坐了上去。她并没有抱他，只是在他身后安静地坐着，渐渐远去，消失在街角。

我们像是蜷缩在了包子铺的笼屉里，蒸汽萦绕在身体周围，舒服极了，温暖又解乏，困意不请自来。

十分钟后，热腾腾的包子来了。我们饿极了，不一会儿，被酒精折腾了一夜的胃得到了不少的安慰。

天色已经微亮，我们有了一些精神，也可能是酒神的回光返照。

不知是谁大喊了一句："看谁先跑到公交站！"

四个人像四只阿拉斯加犬，迎着晨曦，伴着日出，边跑边笑。

跑进了公交车站，阿龙不争气地一口吐在了地上，花生碎、黄瓜的纤维还能看得见，味道扑鼻，可想而知，我们大笑。这时，公交车也来了，前门打开，司机冲我们翻了一个白眼。这个白眼我没看到，是后来老乌跟我说的，我当时一边扶着阿龙一边嘲笑着他。白眼过后，老乌冲着司机比了一个国际手势，还没等司机开口，老乌早已拉着我们跑远。

回去的路上，路灯熄灭了，拎着大包小包的人们打着哈欠，小鸟"叽叽喳喳"的声音倒是有一丝吵闹，汽车多了起来，它们"噗噗"的排放尾气。这真是美好。

你看，城市醒了，四个醉醺醺的毛头小子像是夜游神，既潦倒又感伤，我们的灵魂在这座不属于我们的城市里睡去了。

这灵魂不知道哪一天会被彻底叫醒，又或是被永远地抛弃。

玩伴

路灯下站着一位青年。

从打扮上来看似乎很年轻，运动鞋与棒球服的搭配散发着随性与不羁的气质。那年，十二月初的北京南城，寒风并不十分刺骨，让人精神抖擞。这位青年双手插在棒球服的口袋里，低头含胸，在路灯下舞蹈旋转。在暗黄路灯的映射下，他成了这条街道的主角。这枉费心机的路灯把他的影子拉长了许多，人影颇为怪异，似乎要穿过整面白墙。

他在风中摇曳，他在等待一个人，一个可以为他提供啤酒与食物的人。

一个月前，我就和他约好了这次见面。他叫京尧，北京人，1990年出生，那年他二十二岁。

他和我都曾经是运动员，在运动队里有过几面之缘，我们有一个共同好友，叫小白，在小白的推荐下，我和京尧的联系逐渐频繁了起来。他是我见过的所有的运动员中最让人过目不忘的。他似乎有三四层眼皮，眼神忧郁，高挺的鼻梁让他多了几分异域风情，后来才知道他有四分之一的犹太血统。他的皮肤洁白，像女人一样洁白，并且他有一头艺术家似的卷发。美中不足的是他的身高。这倒也无所谓，若是长得太高，这般形象便过于梦幻了，只能存在于天空之城。

我从出租车上下来，我们几乎同时看到了对方。刚刚退役不久的我们，掩盖着激动的心情，与社会上的白领一样故作成熟老练地招手。在成熟这件事上，显然，我的百搭羽绒服赢了。

出租车迫不及待地开走，刹车声与关门声响彻灰蒙蒙的天空。夜晚七点的北京城，所有人都奔波在生活的疲惫中，而我们却钻入了一家老北京火锅店，我们知道，等待我们的肯定是一整夜的故事。

两个小时后，桌子上摆满了啤酒。我喝啤酒还是老样子，绝不让服务员把空酒瓶拿走，这是一种赤裸裸并傻乎乎的炫耀。服务员不停地往火锅里加入热水，一片片薄如纸片的赤红羔羊肉经过铜锅温泉的浸泡，瞬间变成了深灰色，它即将与老北京铜锅涮肉店里最保密的配方——麻酱蘸料——相结合。这是人类最伟大的发明之一。我们俩张开饥渴的嘴巴，将一坨坨热气腾腾的羊肉夹入口中。羊肉在口腔的各个方位蠕动着，香气四溢。一边吃着，一边说着，两人滔滔不绝，口若悬河，他时而被我的故事吸引到四百公里外的济南，而我，也睁大了眼睛听他那些离奇的故事。

其中一个故事他讲得最生动，我一度怀疑有一些演绎的成分在里面。京尧说他现在的工作和地铁有关，他也会经常出差，有一次去南京坐地铁，遇到了一个女人。这是一个成熟的女人，相貌甜美动人。在地铁上，女人一直在看他。过了几站，女人忍不住了，便问他："帅哥，你在哪一站下车？"京尧当然早已察觉到了她的炙热目光，说道："下一站就下，有事儿吗？"女人接着又说："我其实早就要下车了，我一直跟着你……"

后面的故事京尧讲述得更为详细，大概就是他们一起下了地铁，京尧去了女人家里，在阴雨天中相互抚摸着对方的身体，雨水打湿在玻璃上，如同他们的汗珠，聚拢而下，雷电的怒吼掩盖掉了他们的呻吟，他们在缠绵中难舍难分。故事的结局自然不会完美，他们并没有走在一起，女人事业有成，而他还是个穷小子，他们两地分居，吸引他们的，仅仅是彼此的肉体。

我听完这个故事后也确实相信，以京尧的样貌，吸引一个女人只能说太小儿科了。每当我们各自讲完一个故事，我就会举杯，把杯中满到溢出来的啤酒一口灌下。他喝酒倒是没有我那么爽快，杯中总会留下绅士般的狡猾。

进入深夜，我们的眼神逐渐迷离，就算他再狡猾，也奈何不了我的频频举杯，眼看他的一双虎牙马上就要咬掉自己的舌头了。

老板娘是地道的北京妇女，在柜台边插着手，歪着头斜眼看着我们前言不搭后语的天方夜谭。她倒也不生气，只不过面无表情，好像对我们这号人早已见怪不怪了。此时，服务员也不再给我们添新菜了，酒也喝得一瓶不剩了。桌上、地上全都是啤酒瓶，烟头散落在烟灰缸、酒杯、茶碗里。结账时，我把老板娘喊来——我怎么可能让他请客。我掏出钱包，两个人大概花了六七百。虽然我也是个穷小子，但是我并不在意钱花了多少，至少我们今夜足够畅快。

从火锅店出来后，街上没有了傍晚时的吵闹，一阵风吹来，一辆自行车随即被吹倒，紧跟着，野猫嘶吼了一声。“我们去哪儿？”京尧说。我二话没说，直接拉着京尧准备搭出租车。我打算带他去金鼎轩吃夜宵，继续侃大山。他答应了。等出租车的时候，我们并排站在方才倒下的自行车后边，面对着白墙，解放了膀胱的负担。

到了金鼎轩楼下，京尧下车没走两步便吐在了绿化带里面。我惊讶地看着他，又十分想笑，帮他捶打着后背，什么也没说。他吐净了口中的黏液，对我摆了摆手说要回家。我问他家住在哪里？他用手指着不远处的一栋楼说：“我家就在那儿，没事儿，我自己回去。不行了兄弟，今天喝得太多了，咱们改天再喝啊！”我倒是没有像他那么醉，但是我觉得我们应该更尽兴地一起夜宵才算完美。我目送他走上了天桥，叫他到家后给我发个信息。当然，他并没有发给我。

一年后，我考上了大学。因为我的年纪比同班的同学都大，除了上课，并不能与他们融在一起。无聊的时候，我经常往京尧家里跑。有时候我会逃课，在他家里一住就是一星期，早饭常常是一些跑了气的啤酒和隔夜花生，学校的课程我也忘得一干二净了。他也习惯了我去他家，每次我都睡他家的客厅。那间客厅我再熟悉不过了，住起来就像是宾馆的大床房，十分舒服。

2014年的春节前夕，我和京尧并肩躺在他家卧室的床上，这张欧式风格的双人床也不小，床旁边是一台电脑，他的新女友坐在床角。我俩不知道聊到了什么内容，他突然冒出一句："我们去三亚吧？"我听后心潮澎湃，立即答应了他。

京尧的新女友是我的初中同学，曾经也是一名运动员，她刚退役不久，名字叫嘉欣，小时候在运动队里无论是清晨出早操，还是上午上文化课，几乎每天都能看见她。那时候，她是我们所有人追求的对象，但她也是从那时起开始喜欢的京尧。京尧也是奇怪，从来没有正眼瞧过她。嘉欣有些像真人版的米妮，是个天然的美女，大眼睛，大耳朵，嘴巴也不小。我想象不到为什么京尧选择和嘉欣在一起，她根本就不是他的菜。

嘉欣听见了去三亚的事，兴致勃勃地说：“我们家在三亚有套房子，到时可以住我家。”京尧没说话，忙着订机票。我正上大二，没有多少存款，花了九百多买了一张特价机票，第三天上午，我们三人出发了。

我喜欢旅行，对我来说，旅行意味着能够接触新鲜的生理体验和思想的一系列强力冲击。我们三人并排坐在机舱，我坐过道，嘉欣在中间，京尧靠着窗。飞行的途中，京尧大部分时间都望向窗外，偶尔看倦了才会扭过头来和我说一些有的没的。嘉欣还不太了解京尧，所以她和我说的话更多，有时我们会聊到初中的故事。

三个小时后，飞机降落到了三亚，我和京尧把羽绒服脱去，塞进了背包。我露出了自己引以为傲的肱二头肌，京尧左手食指在他的右小臂上摩挲着。他的右小臂纹了一个美女，我不知道是谁，像是希腊神话中的某个女神。我们同时看了一眼对方，相视一笑。机舱逐渐闷热起来，我们像是牙膏，一点一点地被挤了出来。等真正闻到了三亚的味道，那才算新奇——这味道厚重，有些淡淡的咸味儿，估计是潮湿所致。我们加快了步伐，用力地呼吸着自由的味道，不一会儿，我发现我的长裤湿了。

到了嘉欣家中已经是晚上七点多了。我快速地冲了个凉水澡，换上了短裤，光着膀子找我的打火机，翻了个底朝天也没找到，它一定在首都国际机场的粉色置物盒里嘲笑我。我拿出一根香烟叼在嘴角，走进厨房把燃气灶打开，转动开关，“哒哒哒哒，呼！”一团红蓝色的火焰蹦了出来，我谨慎地从侧面把香烟点着，以免烧到我的头发。

夜深了，三人的胃开始不停乱叫。我和京尧到楼下买了一箱啤酒和零食，嘉欣从网上定了一些家常菜，准备抚慰各自的舟车劳顿。

在三亚的头几天，海边自然是三人的根据地，我们从早到晚都陷在沙滩之中。我和京尧大多数时间会举着啤酒，听着押尾光太郎的音乐，欣赏大海的舞蹈，顺便看女人，散步。京尧总是戴着一副黑色的雷朋墨镜，可能是为了看女人方便些。他经常保持一个姿势不动，他在想些什么，谁知道呢?

到了夜晚，我会靠在沙滩酒吧外的躺椅上休息，意大利老板在吧台后面忙碌着。拉布拉多是一只老狗了，我忘记了它的名字，它经常在酒吧门口趴着，与我们共同眺望大海。进入夜里，京尧的话就开始多了起来，有时候会凑过身兴致勃勃地说一些他的想法与见解，多半是过去他想不明白的事儿，偶尔还会给我提出一些直击灵魂深处的问题，打我个措手不及。嘉欣看我们聊得入迷，没空搭理她，便早早地回家了。

我并不认为自己在虚度时光，这种无所事事的日子会不断带来新鲜体验，这种体验绝大多数来源于大自然，因为大自然与灵魂是紧密交织在一起的。

我看海的次数不多。我憧憬着每次站在海边看海的感受。我不知道我会喜悦还是会焦虑，会胆怯还是会空虚。白天的海一望无际，这时候你要做的就是仰卧在沙滩上或者下海戏水，依偎在光明的怀抱中。夜晚的大海与白天的大海是不一样的，恐怖，像古希腊神话中的蛇发女妖美杜莎。有时候，你总是担心海里会有什么东西发现你，而你只能听见它的声音，却看不到它的样子，它的声音像是某种呼唤，海水拍打着岸边，无限循环的节奏勾引你的灵魂，引诱着你慢慢地走向它，或跪地臣服于它。我甚至多次想要走进大海，但是另一个声音告诉我，我不能。

在三亚，在这向死而生的夜晚，我和京尧自然地沉浸在怅然静穆的气氛中。就是在这种气氛里，我们逐渐明亮了起来。我和京尧点着了香烟，看着嫩红色的烟头腐蚀着自己。我弹掉了一截烟灰转头问京尧：“你觉得我们死了以后，会变成什么？”京尧深吸了一口烟，嘴张开一半，将烟雾慢慢吐出，说道：“我们死了之后就是死了，但是我们现在这个世界，当下的每个个体都是真实的，也都是现实存在的，无数个交叉纵横的世界与我们同行，你我的梦或许也都是真实的。在另一个世界里，我或许正在沙滩上小便，你在和后面那个该死的意大利老毛子喝酒。呵呵，你想一想，这多有趣。”

我没有说话，他便接着说：“人总归会死的，每一个平行世界的人也都会死，如果这辈子完不成什么事，不要遗憾，你想一想，另一个世界的你正在完成呢，是吧？”说完，他大声地叫道：“嗨！老板，再来两瓶1664！”

随后，京尧起身问我，我的梦想是什么？我想了想说：“我想在我死后的无数年里还会有很多人记得我。”京尧沉默一会儿，随后把墨镜从头顶上摘下来，扔到了沙滩里，接过老板递来的啤酒，眼睛眯成一条缝，鄙视地看着我。我尴尬地笑了笑，笑声在这样的夜晚总是不能飘走。

之后，我们一直沉默到下半夜。

几天后，我们三个人的关系变得非常微妙了。我常常和京尧在一起，去哪里都在一起，像个连体婴儿，而嘉欣总是自己一个人，偶尔会和我下楼买日常用品或早点。不得不说，她的身材几乎完美，出行总是穿着一双粉色的人字拖，为了防止不必要的事情发生，我尽量不去看她。京尧突然提出来要与我住旅馆，我大概知道是因为什么，就随他，订了旅馆。我们两人共住一套海景房，嘉欣自己住在她的家中。搬出去那天，嘉欣跑来失望又气愤地问我："他怎么回事？"我说："什么怎么回事？"其实我知道她的意思，我只是拖延时间，找个更合适的借口而已。"他最近怎么不理我了，他脑子有病吗？"我就知道她会这么说，便说："没事没事，他这个人太随性了，有些时候会沉浸在自己的世界里，不要紧的。"显然我这句话并没有起到什么作用。最后我们也没聊出个所以然。

这是一套地中海主题的房间，沙发旁立着一把吉他，京尧弹唱了许巍的《故乡》。他右臂上纹的那个女人，在他扫弦的时候仿佛跃向空中飞了起来，我看得目瞪口呆。其实，他每次弹琴的时候，我都觉得他的灵魂一定经历过某种特别的洗礼。京尧从运动队退役后一直在玩乐队，可能玩乐队的人性格都像他那样吧，这么多的京尧要是聚在一起，还不炸了锅？所以我听说后来这个乐队就散伙了。共同的朋友总是觉得他做事没有长性，极其自我，因此身边的朋友不断减少。我认识的京尧的确如此，我唯一欣赏的是他有着某些运动员身上没有的东西，或许是对艺术与人文的感悟能力。说白了就是比大部分运动员高雅一点儿？

他弹完许巍的歌，我顺便讲了上午嘉欣和我聊天的事儿。他把吉他放下，躺在床上，望着天花板说："我们是出来玩的，我不喜欢一个景点又一个景点地被安排，我喜欢随便走，到处走，没有目的地走。有可能这一朵花很好看，我会停下来看很久。可是，她做什么事情都很有计划，我受够了。要不是她上赶着追我，我压根对她没兴趣。"

"那你就这样留她在那里，一个人？"我小声地问他。"你来吧，大哥，你上，赶紧帮我甩开她！好吗？"他带着厌倦与嘲笑的口气闭着眼说完了这句话。我没搭理他。从此，我们再也没有谈论过嘉欣。

京尧这人挺神的。有一天晚上，我们喝了不少酒，喝完便睡了。我在梦中听见有人在翻找什么东西，于是我醒了，勉强睁开了一只眼睛，眯成一条缝，看见京尧正在套背心。“你去哪儿啊？”我扯着干燥的喉咙问京尧。“太渴了，我出去买水，屋里哪儿都没有水，我一会儿就回来。”话还没说完，京尧就消失在我面前了。“天啊，太渴了。”我从枕头下掏出手机，一边看时间一边自言自语地说着。此时已经是深夜三点二十二分。我翻了个身，继续睡。

不知道过了多久，我再次被吵醒。京尧哼着歌推开门，手里握着雪糕，另一只手则提着一大袋各种各样的饮料，对我说：“喂！刚才我鬼打墙了，我出去的路上根本没有人，商店都关门了，我越走越渴，越渴越见不到人，然后我抬头看见了椰子树上的椰子，我差点爬上去摘椰子。最后，我想了个办法，你猜怎么着？我闭上眼原地转了三圈，用手一指，然后睁开眼睛往那个方向走，走了两三分钟，我就看见了商店。”这种事情在他身上屡见不鲜，我没应他，只是拿起了饮料灌了下去。

在三亚的糊涂日子过得飞快，一眨眼我和京尧两人就坐在了飞机上。与来时不同，此刻的年味已经很浓了。另一点不同的是嘉欣没和我们一起回来。京尧戴着耳机，翻着手机里的照片，我瞟了一眼，这些照片多半是我们两人的合影，他跟我说，到了北京这些照片要全都洗出来摆到家里。

就这样，三亚之行结束了，我们迎来了2014年。过完年不久，我去他家，他家又多了一个新面孔。

这女孩的妆容十分浓艳，但我觉得她不化妆可能更好看。京尧见我来了，立马介绍："这是吴琪，你们自己认识一下吧。"我向前走了一步和她打了个照面。我没仔细看吴琪，余光中能察觉到她独到的美，说话的声音比嘉欣温柔多了。当天晚上，我们在他家里又连夜搞了一次派对，这次三个人的气场有一种说不出的默契。快天亮时，他俩回到了卧室，又剩我一个人了。我躺在客厅，将电视的音量调大，试图遮盖两人高亢的双重奏。那天，直到太阳高高挂起，我才安心地睡去。

圈子里的好友不待见吴琪，说是两个懒汉住在一起，肯定要完蛋。我倒是不这么认为。吴琪的性格与嘉欣不一样，吴琪是性感的古惑女，而嘉欣是顾家的美人儿。朋友们都希望京尧找个像嘉欣那样的女朋友往回拉一拉他那颗不羁的心，让他上进一些，安稳一些。而我觉得，吴琪和他才是天造地设的一对儿。从京尧对我和吴琪间距离的敏感度我就能发现他对吴琪的爱，合不合适不重要，爱才重要。自从吴琪住到了他家里，我就再也没有进过他家的卧室，他也没有邀请过我，能让京尧改变的人，只此一人。吴琪平时也闲不住，我多次在夜店里碰到过她，她每次都让我瞒着。吴琪在纯真与喧闹之间游走，但她至少宁缺毋滥。

大学毕业后我和京尧逐渐失去了联系，这一定是我们有意为之，因为我们知道彼此始终只是玩伴，我有我的理想，他有他的梦。前些日子我得知京尧和吴琪已经结婚生子，我是为他们开心的。我迟迟没有读《在路上》这本书，因为我怕记忆中那些潦倒放荡的日子被提纯，在书中一一印证，最近读完后事实也证明了这一点。我怀念那段日子吗？并不，甚至有些厌烦，但是那段日子在我的记忆中十分独特，如果没有那些年的无所事事，我怕我便不能珍惜当下的时光吧。

早知道，当初和京尧在三亚的合影留一份备份就好了。

猫

我刚认识胖仔的时候，它四个月大，狮子座。

那天，夜色悄悄地笼罩了北京的南部。寒风吹得有些过于着急，好像迫不及待地要赶走什么东西一样。我开车穿过北京一处“无路灯”地带后，驶入通州区。进入城区后，夜色明亮，马路周围的霓虹也许恰到好处。我内心好像绽开了朵朵鲜花，颇为激动。

此行是为了一种美丽的动物而来。

我到了约定的地点。立在我面前的是一座高楼，用力仰头才能看到它的全貌——它没有生机。我进入公寓大堂，一个保安一边听着高功率的手机外放音乐，一边不耐烦地给我开门。他身着一套保安服，像极了中世纪贵族的服饰，让我有些生理上的厌恶，以至于我的“谢谢”都带有厌倦之意，故意拖延了音调。我没来得及思考太多，就上了电梯。这些小插曲压根儿不会影响我的心情。

对于电梯，我是有恐惧的，我总觉得意外可能随时到来，想着新闻中那些电梯事故，我更不愿意坐电梯了。一般来说，五楼以内我都会选择走楼梯。不过也不一定，要是在电梯门口遇上了有趣的灵魂，即使相约短暂的两层，却也值得一坐。电梯“叮咚”一声响后，我到达了朋友的住处。开门后，一股热浪袭来，夹杂着人类的汗液味道和动物的粪便味道，我努力控制呼吸，生怕一次深呼吸后把晚饭吐出来。

我的朋友叫小白，身高一米六七左右，皮肤白得可怕，像是雪人。他做事稳重，在朋友圈中有什么小事需要帮忙，找他就对了。这次来他家里接猫，也是我之前找他帮忙的事。也不知道他从哪个朋友那里找到了一窝小猫，还特意给我留了一只品相最好的小家伙。平日里，我独自在北京家中的日子偏多，总是觉得家里缺点生机，养鱼？只可观赏，不可互动。养花？过于闲情雅致了。狗呢？每天还要带出去遛，算了吧。思来想去，我觉得领养一只猫还是不错的。此时，我对猫仍然是一无所知。

我在凌乱的鞋架上随便找了一双掉了色的塑料拖鞋，拖鞋很小，我只能踮着脚尖走进客厅。其实我刚一进门就看到了那只小猫。我来到它面前，蹲下，小白此时也走了过来。

从来没有这么近距离地观察过猫，它真好看啊！这是一只蓝灰色的小家伙，一动不动地趴在沙发上，眼睛像玻璃珠，好似某种黑色的宝石。我怕吓到它，慢慢地伸出手。它好像知道我要摸它一样，微微抬起了头，脖子稍稍前伸，小小的鼻孔轻轻地闭合，它在闻我的气味呢。就这样，我第一次抚摸到了它。它的毛又细又软。当我们触摸到某种新鲜的事物时，难免会有些震惊，这可能是我摸到过的最柔软的“东西”了。我摸了它好一会儿，它发出了“呼噜呼噜”的声音——猫在十分舒服的时候才会发出这种声响。我坐在沙发上，将它抱到我的腿上，不一会儿，我们似乎逐渐适应了彼此。对了，它是一只公猫。

出于礼貌，我并没有把它直接抱走。我与小白聊了一会儿家常，学习了养猫的一些注意事项，才发现自己只顾着来接猫了，猫砂盆以及它所需要的尿垫都没来得及买。临走前，小白附赠了一条毛巾，让我用毛巾裹着小猫下楼。这条毛巾是明黄色的。在《我的前半生》中，年少的溥仪就是因为这个颜色怒斥溥杰——明黄色是过去的皇上才能用的颜色。从某种意义上说，这只猫打一开始就成了我的主子。我将猫裹了起来，抱着它乘电梯下了楼。

到了一楼大堂，保安可能因为我进来时的神情侵犯到了他，跷着二郎腿，翻了个白眼，并没有给我们开门。他手机里的声音太过吵闹，我的脑袋像被蜜蜂蜇了一样。我没空搭理他，抱紧小猫快速走出大堂。

北京的冬天总是那么冷，寒风一鼓作气堵在了公寓的门口，大门很难推开，我只能单手用力，费了很大的力气才推开它。这阵风大到能从我的鼻孔吹进我的身体里，我本能地低下头，用身体保护着猫。这天儿太冷了，我都冻得直哆嗦，别说这只小猫了。我拉开羽绒服的拉链，将猫放在我的怀里，它露出小脑袋，疑惑、惊恐地望着这个黑暗而又陌生的世界。我的胸口感受着从未接触过的“物质”，它在离我心脏最近的位置。在某一瞬间，我已热泪盈眶。我不知道这眼泪是因为我温暖了它，还是它温暖了我。

回去的路上，它靠在副驾驶的角落里，一动不动，红绿灯的间歇，我会去抚摸它，给它一些安慰。不一会儿，我又路过了那个“无路灯”地带，不过，和猫在一起，这条路似乎也明亮了起来。

小白之前说，这是只蓝猫，它以后会发腮，别看它现在瘦不拉几的，到那个时候会胖很多的。后来，为了让它长得胖一些，我就给它起了一个响亮的名字，胖仔。

到家之后，因为没有猫砂盆和尿垫，胖仔会尿在地上，尿完后在旁边不停地扒来扒去，这个味道可是真的难闻。我抓紧从网上买了一些养猫要用的必备物品，只是这几天只能手动清理了。第一天夜里，我担心它冷，便把它抱到了被窝里，和它一起睡。半夜，它悄悄地跑了出去，我也就没有管它。天空微亮，它又钻了进来，用身体紧紧地贴着我。我再次醒来时，它不停地挠着我的枕头，没等我反应过来，就闻到了一阵恶臭——它拉了一摊，更让我无语的是，它的爪子上也沾满了屎……幸好两天后，它的“马桶”就寄过来了，从此，胖仔早上刨猫砂的声音雷打不动，这就是我起床的闹钟。

几个月后，胖仔依旧没有胖起来，但也没有变丑，反而气质更加高贵了。我的朋友经常说“它也就一千块钱的货，现在英短不值钱……”我倒是不以为然，早已把它当成了家人。再说了，它机灵又敏捷，温顺又高贵，每次去宠物医院打疫苗或者洗澡，医生都夸它可爱。因为猫咪长得像极了人类婴幼儿时期的样子，所以喜欢猫咪的人也就不在少数。胖仔的脸庞好似精灵一般十分治愈心灵，就算它的猫生永远胖不起来，我也始终认为它英俊的样貌是任何猫都无法比的。

男孩子，都会有一些调皮，猫也是一样。电视遥控器放在桌角，胖仔会跳上桌子，站在遥控器边上，用它的紫色肉垫小爪子轻轻一拨……这样的事情发生过太多次了，以至于后来，只要它能爬上去的台面我都收拾得干干净净，生怕半夜被一只摔碎的茶杯惊醒。

胖仔掉毛比较严重，我因此也患上了鼻炎，平时只要摸它几下，鼻子就会奇痒无比，打喷嚏打到怀疑人生。我有时候在想，他掉过的毛应该可以给我织一件毛衣了，因此它还有个外号，叫作掉毛怪。

平时，胖仔喜欢吃我的食物，也喜欢用我的杯子喝水。这个蓝精灵，行动灵敏又热衷于撒娇。它从来不会取悦任何人，我平时忙的时候，也相互不会打扰，想腻在一起的时候，我叫它，它就会跳到我的怀里。我逐渐习惯了有它在身边的日子。

2019年，北京，两岁的胖仔。

有一天，胖仔竟然在桌子上小便了，我想，这一天终于到来了。养过猫的人都知道，如果公猫随意在家里小便，还时不时地叫两声，说明它要发情了。此时，大部分家长会选择给它“去势”，这对猫来说是一件好事，会减少它们得其他疾病的风险，而且它们也会变得更加温顺。

在胖仔生日的当天，我把它送进了医院。

医生给胖仔做了术前检查，不一会儿它就被抱进了手术室。我焦急地等待着。半个多小时后，医生出来了，指着他的手机屏幕上的两个“小肉球”给我看。此后，当了太监的胖仔再也没有随地大小便。

说真的，短短一周之后就能发现，它好像真的变得更加温顺了，尤其比之前更爱黏人了，我听说猫做完去势手术后是发腮的窗口期，就买了很多罐头、零食，就是为了让胖仔吃胖一点儿，但它半年后依旧是个体型瘦小的掉毛怪。它这个易瘦体质我可十分羡慕。

我看书学习时，它时常会求关注，跳上书桌，趴在我的面前发出“呼噜噜”享受的声音。无论窗外是艳阳高照还是寒风凛冽，我在沙发上小憩的时候，它总会跳到我的胸口上。虽然隔着一层衣服，但是它的小爪子尖锐无比，一旦把我抓疼了，我回手就会把它关进厕所。我要是睡着了，它还会把屁股翘得老高，对着我的脸。我在梦里只要一闻到臭味，指定是它干的好事。我时常摆弄家里的钢琴，虽然我是个一指禅，但是只要琴声响起，它就会跳到琴凳上，瞪大眼睛，在一个音符弹响后“喵”地叫一声，与我共同完成二重奏。胖仔喜欢舔我的手背，虽然它的舌头有一些倒刺，被它这么舔上几下，也是种解压的方法。胖仔不捉老鼠，因为家里没有，但是夏天来临时，偶尔会进来一两只苍蝇，我懒得与苍蝇斗争，只得让胖仔出马，三下五除二，苍蝇就被一个猫爪拍下。这是真正的捕蝇高手。

人们都说，猫驯化了人类。我认为猫与人是互相影响的。我的生活正因为有了胖仔才变得不一样。我和它在一起就像是跟一个更为幼稚的自己在对话，它也是最好的倾听者。人生不如意十之八九，有些事只能对它说。偶尔有那么几滴泪让它看见也无妨。

刚回济南的那段日子我常常惦记着胖仔，一天能想起它许多次，可惜我并没有把它一起接回来，因为家中有老人和弟弟，奶奶的肺病严重，弟弟年纪又太小，他们肯定受不了掉毛怪的“攻击”，所以，我只能忍痛将它暂时放在朋友家。好在朋友对待胖仔比我更加用心，我也就放心了。

今天，胖仔已经四岁过半，我也有一年多没见它了，胖仔是我在孤单时常常会想到的名字。它现在生活得很好，我想，它没有我的陪伴，日子一样会过得很滋润。

在我们周围，也许，就在你家承重墙的另一边，单身美女正在抱着她的猫主子自拍，准备发一条朋友圈；对面楼上的一对情侣，正因为猫咪掉毛而大声地打着喷嚏；而你在家中正盯着一堆文件焦头烂额，你的猫咪却跳上了办公桌把文件全部打翻在地，它让你崩溃，让你哭笑不得。猫咪享受着人类的爱与宠溺，这一切的一切，仅仅是因为我们的孤单。正因为有了它们，我们的孤单被治愈，这是孤单患者早期的“保守治疗法”。在一座座温暖的屋檐下，藏了多少猫咪，谁知道呢？大街上有多少流浪猫，又有谁晓得呢？

我还挺幸运的，至少我知道，有猫的日子，一定是上天给我的馈赠。

音乐

我喜欢听音乐，无论是古典乐、摇滚乐，还是爵士乐和流行乐，从小到大音乐在我的生活中就没有缺失过。有人说，音乐是一种语言。这句话我是比较认同的。不同的音乐在不同的环境下播放，能给听者带来情绪上的抒发，也就是某种情感的语言得到了扩展。我不是专业人士，但我认为音乐的语言主要来自乐器。在演奏中，一种乐器或多种乐器的组合通过吹拉弹唱等方式形成了音乐，在各种节奏的变换中又形成了多样的音乐风格。有时候，我真的非常欣赏那些伟大的音乐家，这些人一定对情感有着极其敏锐的洞察力，不论是气势磅礴的古典乐，还是口口相传的民谣，我们之所以百听不厌，在这其中，必然少不了情感的共鸣。当然，我知道创作旋律也是有套路的，无论创作者有意还是无意，至少这些作品给了我们普通人不少的慰藉，这其实就足够了。

人声自然也是一种乐器，大部分的人声在音乐里都是以唱的方式表现出来的，既然唱，就得有歌词。在电影《K歌情人》中，德鲁·巴里摩尔扮演的女主人公在写歌词的时候说道："曲调就像是你第一次见到某人，他（她）给你的身体上的吸引力，比如说性。但是，要了解一个人，那便是歌词了。他们的故事，他们的真实的面目，正是曲调和歌词的完美结合，才使得歌词有了那种魔力。"我比较认同她所说的。不少音乐，都是因为歌词，才更加令我着迷，比如刺猬乐队的《火车驶向云外，梦安魂于九霄》、毛不易的那首《消愁》和李健的《假如爱有天意》。之前说过，在我的生活中，音乐从未缺席，所以，我也想试着写一写那些年影响过我的音乐。

打我记事起，第一首能让我与之共鸣的音乐应该就是《鲁冰花》了。只要这首歌在我们家的筒子楼一传出来，我就流泪，不知道为何，可能是因为那句"夜夜想起妈妈的话，闪闪的泪光鲁冰花"。小时候总是一边哭着一边疑惑，为什么爷爷想起妈妈的话就会哭呢？这真是一个美丽的误会。

小学一二年级，下课比较早，父亲单位的训练馆里还有不少运动员在训练，其中有个哥哥经常摆弄磁带。有一盒磁带，总是被他反复循环播放，其中我听得最多的一首，就是张宇的《月亮惹的祸》。有些歌，你听多了也就会唱了。有一次学校里上音乐课，老师让我们每个人唱一首歌，大家都唱什么《新年好》和《小燕子》这一类的，到了我起立演唱的时候，顺口就把这首张宇的成名曲唱了出来。老师的表情我倒是忘了，但是小朋友们都投来了崇拜的目光。我十分得意，其实我也可以选择唱《黑猫警长》和《葫芦娃》，只不过我喜欢的女同学正坐在班里的某个角落，我也就趁此时机表现了一下。《月亮惹的祸》是我接触到的第一首情歌，直到今天，一听到这首歌我甚至还能记起那个哥哥流着汗，反复摆弄录音机的样子。哦，他可能也在放给某个角落的人听吧。同一时期，因为电影《宝莲灯》的原因，张信哲的《爱就一个字》也很流行。这首歌，我在《济南》中提到过，有些复杂的情绪在里面，你说是唱给母亲的吧，那么歌词里“爱就一个字，我只说一次……”又像是首情歌，在一个某方面较为早熟的孩子身上，这首歌不好解释。

四五年级的时候，我去天津上了一年学，学校是天津市的重点小学。当时我家住在西青区，学校则在和平区，所以早上我要自己坐公交车去学校。因为路途较远，为了打发时间，我再三请求，让父亲给我买了一个MP3，这样我就可以在上学的途中听音乐了。那年头，台湾的流行乐正是黄金时期，MP3里下载了不少的歌曲，大部分都是周杰伦和SHE的歌。有些时候，大家一窝蜂地听那么几首歌，这些歌也就变得“好听”了。但至少在当时，这些歌除了“好听”以外，并没有让我产生更多的共鸣，也可能我还没早熟到谈恋爱吧。总之，这些歌在旋律上还是很新鲜的。当时台湾的流行乐我基本上都听遍了，这么多的音乐听下来之后，确实能提升对于音乐的一部分的鉴赏能力。在同学中，我也算是一个音乐百事通了。我觉得，想要评价音乐，必须要多听不同风格的音乐，就像美食家评论食物一样，如果这位美食家没来过中国，我觉得他说的话至少有一半我都不信。

2007年左右，我开始有选择地听一些流行歌曲了，我喜欢上了王力宏和陶喆。当然，从他们出道的年头上来算的话，我是一个比较新的粉丝了。我调过头，开始买他们过去的专辑。收藏对我来说也是一件趣事，虽然宿舍书架上的收藏品不多，但是总会拿出来摆弄一番。喜欢他们的原因有两点，其一，是因为他们的音乐更加自由，可能是R&B风格的关系，我对那种悬在喉间的转音很感兴趣。其二，是因为青春期的到来，格格不入是这个年龄段该有的样子，那些队友还在扎堆儿听周杰伦和潘玮柏“中式说唱”的时候，我已经会拿捏几首有“技术”含量的歌了。说到这里，还真让我想起来一件趣事。因为喜欢王力宏的《你不在》和陶喆的《爱很简单》，一有空，我就偷偷地在运动员公寓的某个角落练习这两首歌，那个时候正处于变声期，假音唱不出来，嗓子里像是被塞了一个茄子，一气之下我只能把假音部分放弃，全都用嗓子喊出来唱。手球队当时住我们楼上，结果有一天，我们准备去训练，正巧他们和我们走一起，我不小心听到了他们几人边笑边说：“哎哎！快看，那个‘你不在’在我们后面……”

变声期时间不长，一年左右，我就开始频繁地出现在各个运动队的文艺晚会上了。爱唱歌，爱表现，爱出风头，没人比我更在行。我逐渐有点儿开始剑走偏锋了。因为运动员在训练时经常会放一些音乐，特别是带有节奏感的音乐，很早以前总是放小甜甜布兰妮或者黑眼豆豆之类的歌，这种音乐反复听几次也就厌倦了，不能持续带来新鲜感。有一天，我从一位老队员的CD盒里发现了一张旧旧的CD，上面画着乱糟糟的图案，我挺好奇的，就抽出来放进了CD机里。第一首歌就足以让我震撼了，那是枪花的*Don't Cry*，不仅这一首歌，里面所有的歌都令我震撼，于是我毫不犹豫地把这张CD借走了。回去后，我开始在网上寻找歌词，准备学唱*Don't Cry*。“Give me a whisper, and give me sigh. Give me a kiss before you tell me goodbye!”（在我耳边轻轻细语，在我耳边轻轻叹息。给我个吻在分手之前！）毫不含蓄的歌词给了我精神上的自由，强而有力，让我沦陷其中。不久后，我把枪花的CD拿到了训练馆，从此，训练馆内散发着金属的味道。可以说，枪花的歌是我在运动队中的避难所，因为我讨厌被教练命令。

从此以后，我开始关注一些英文歌，大部分都是摇滚歌曲，风格各异，比如蝎子乐队的*Always Somewhere*、*Still Loving You*，皇后乐队的*Bohemian Rhapsody*，绿日乐队的*21Guns*，还有像The Beatles、The Who、Nirvana、AC/DC等等。那几年，虽然阿黛尔、泰勒·斯威夫特、蕾哈娜、贾斯丁·比伯和A妹等人逐渐大火，但是我钟爱的还是摇滚乐。摇滚乐从来不掩盖什么，也不做作，它深入人心，无论你平日里的性格是内向还是外向，摇滚乐总能用嘶吼、柔情甚至不靠谱方式来取悦你的灵魂。

各种媒体的曝光也让不少优秀的音乐作品出现在大众的视野中。各种音乐类节目的爆火，让观众接触到了不同的音乐风格，我是幸运的受益者之一。前两年有一个节目叫《乐队的夏天》，我是一个不爱看电视的人，这节目却让我每周都能准时守在电视机前。过去，我只认识几个外国的乐队，听过几首他们的歌曲，说来惭愧，除了许巍、郑钧和朴树等人，我对咱们国内的乐队和歌手基本都不算熟悉。在这个节目里，我最喜欢的就是刺猬乐队了。这个乐队挺了不起的，家家有本难念的经，除去乐队里的故事不说，单说他们的音乐，绝对不亚于我前面提到的那些国外的乐队。他们的音乐总是让我激动，每一首歌都是如此，就像一位乐评人说的，虽然这个世界是个垃圾场，但是刺猬乐队总能从中找出一个叫作希望的东西。主唱赵子健是个“不修边幅”的男子，一般来说，一个人的内在若是丰富，他才不管外套穿的是阿玛尼还是阿尼玛。他文笔犀利，把歌词写得像诗一样：“黑色的不是夜晚，是漫长的孤单……一代人终将老去，但总有人正年轻！”这个乐队善于表达那些抓不住的，曾经辉煌过的，正在逐渐流逝的东西。他们把世间的诸多无奈谱成了曲，写成了词，通过自己的方式呈现了出来。一种缺憾之美就此成型。有人说，摇滚乐是年轻人玩的，上点岁数的人都不稀罕听。谬论，绝对是谬论。

头两年，得了空，我自己开始试着写点东西，写的时候总会觉得周围过于安静，我就从网上搜一些音乐来听，试着找找灵感。如果身边播放着摇滚乐，我担心我会越写越“生气”，砸掉电脑也不是不可能。流行乐呢？更不行了，自从爱上了摇滚，我就没再听过几首流行歌。爵士乐怎么样？爵士过于慵懒，听爵士乐适合配上一杯红酒，静静品味。那么就古典乐吧，说到古典乐，我只认识小学音乐教室里面挂着的几位大音乐家，像贝多芬、莫扎特、肖邦、柴可夫斯基、舒伯特等等，曲子我没听过几首，就算听过也不能对号入座。我找了半天，找到了巴赫，这个路子对了。从此，只要我在电脑前敲打键盘，巴赫的音乐便不停循环。我最喜欢的就是他的《哥德堡变奏曲》。你要问我好在那里，我说不出来，只能说它能让我集中精力，让我的身体放松，但大脑却依旧保持着转速，甚至可以让它转得更快。

目前，我的两大爱好就是健身与看书。看书嘛，安静地看，听古典乐看，只要不是太吵，都行。要是健身，我会选择两种类型的音乐，假如是力量或者无氧训练，我就会选择摇滚乐，重金属的宣泄与杠铃片的交融，会让你肾上腺素飙升；有氧训练呢，比如跑步，我就会选择嘻哈音乐，一定是国外的嘻哈音乐，国内的，我不想多说。嘻哈音乐注重的是节奏或节拍，与跑步有着相似之处。跑步是一项周期性运动，一个动作重复无数次，直到训练结束，嘻哈音乐也是如此，一个节奏不停地循环，再配上正宗美式说唱，让人迫不及待地想要“摇摆屁股”。

音乐在这个世界上是不可或缺的。音乐能陶冶人，激励人，甚至可以感化人。我相信，也有许多像《放牛班的春天》里的那些小孩儿一样，在音乐上有着极高天赋的人。音乐和体育在育人的某些方面有着相似之处。和体育一样，在音乐方面，生来便具有卓越能力的人，一定是上天钟爱的小孩儿。

我很幸运，能够时常在音乐的世界中畅游。我知道很多人对音乐并没有那么敏感，这都无所谓，音乐是追求美的，美有多种形式，音乐不入你耳，没事儿，还有其他的美等着你去发现呢。只不过，当你体会到了音乐的美，你就再也不想去寻找其他的美了。

健与美

第一次在电视上看到健美比赛时，我大概八九岁，和大多数人一样，被过于发达的肌肉震惊得下巴掉在了地上。这都是些什么人？全身的肌肉像是吹了气，油光锃亮，先不说他们摆出的造型奇怪，这龇牙咧嘴的笑容真是有伤风化……

不久之后，我进入体校成了一名运动员。有一年，我在全国青少年摔跤比赛上获了奖，回到酒店后，我脱光了衣服站在镜子前，欣赏着自己的身体。青春期，一种刺激且兴奋的原始冲动流过全身，我学着多年前在电视上看到的那些肌肉男，举起双臂，收缩着我的肱二头肌。这时候心底深处发出了一种声音，那不是某种语言，像是灵魂与肉体签订了某种条约。如果把这个桥段放在影视作品中，在签订条约的那一刻，我的瞳孔应该会由深黑色转变为酒红色。

我逐渐爱上了自己的身体。夏天到了，我换上了无袖的背心，常常穿一种仅能遮住臀部的短裤，把能见光的皮肤都展现出来，这样，我的大部分身体就都暴露在了众目之下。野花可以招来蜜蜂与蝴蝶，我希望能招来少女们的目光，她们的裙子越短，我的裤子就感觉越紧……

我发育了，全身充斥着野兽般的能量。我的腋毛越来越浓密，我认为这些“杂草”影响美观，每当我照镜子摆出各种造型时，腋毛总是喧宾夺主，煞了风景。那些杂志上的女模特，她们的腋下嫩白光滑没有腋毛，我便学着她们清除了“杂草”。在公共浴室里，我总是故意抬起双臂，把干净的腋窝露出来，好像在对人说：看！我的腋下多美！不仅是腋毛，我把脖子以下所有的毛都给剃了。

十七八岁的男孩子，雄性激素分泌旺盛，我们运动员更是如此，闲余的时间，几个小子聚在一起，净聊一些低俗的内容。其实这些内容我们也不懂，这本是对欲望的一种冲动，不过我们不知道怎样去合理地发泄它们。在青春骚动的阶段，每个男孩儿都会有比较尴尬的事情，比如在食堂吃饭，无缘无故的，身上的血液就会一起涌到某些地方，这时候别人如果说“吃完了，咱走吧”，你会抓紧时间假装再吃两口剩余的食物，同时，脑子里想一些严肃、悲壮的事情，以此来调动血液的重新分配。如果这一招不管用，那么只能在起身的时候，驼着背，含着胸，屁股后撅，让突出的位置离裤子尽量远一些，明眼人一看就明白。

旺盛的荷尔蒙大军游离于全身，肌肉也加速生长了起来。在运动队里，我的肌肉长得比别人都快，我的力量很大，这加速了我想要健美的冲动。虽然我不会祷告，但奇怪的是，有时候，老天能看出来你的心思，想要什么就会给你什么。2010年，我正在备战一场亚洲青年比赛，赛前一周，我做了一个平时不常做的技术动作，结果导致右脚第五跖骨光荣骨折了。不能参加比赛让我十分难过，但仅仅一周之后，我又重新振作起来了，因为我打上了石膏，架上了双拐，终于可以不用正常训练了。每天我都在场下的力量训练区域安排着自己的训练计划，这些计划几乎都是从杂志里学来的，包括怎样科学饮食。

第五跖骨骨折恢复期比较长，需要三个半月，但是我为了自己的健美目标，休息了半年。其实我已经可以跑步了，但是在教练面前还装得一瘸一拐。我的体重从74kg长到了84kg，除了腿部肌肉没有练到，这半年我的上半身的肌肉已经非常强壮饱满了。

塑造肌肉的初期，我还不能领会到身体美，或者说形体美的意义，只能任由邪恶的荷尔蒙在体内作祟。又过了几年，我退役上了大学后才开始真正系统地雕刻自己的形体。“健美”一词的英文是body building，我觉得用“身体建筑”来解释它更为合适。

要我说，健美可以分为两部分，一个是形体健康，另一个是形体美丽。我所说的形体健康与美丽跟竞技健美完全不同。竞技健美在竞赛时要求皮下的水分、脂肪以及肌肉的体积与比例都要达到一个较为严苛的标准，而大众追求的形体美没有统一的标准。李小龙是不是健美的？当然是，而且他是一名武术家。三岛由纪夫是不是健美的？是，不但如此，他是一位作家、演员。施瓦辛格是不是健美的？没错，他曾经就是一名职业的健美运动员，但这不妨碍他当选加州州长。我们同样也可以认为苏炳添是健美的，孙一文和谷爱凌也都是健美的。说了这么多，我只想让大家暂时忘掉那些“奥林匹亚先生”的大块头。如果你热爱健美，特别是传统意义上的健美，把拿到健美世界冠军当作终生的目标，那就显得有些不太聪明了，除非你这辈子只能做这个，把它当作你的饭碗。所以我想，倒不如简单地说一说大众所能接受的形体美。

我自认为是一个资深的“力量与形体训练师”。负责任地说，没有几个男人不想拥有肌肉。不过，现如今也有不少排斥运动的人，大部分都是青少年，这与他们所处的环境与偏好有关，他们对运动的排斥只是一种暂时的现象。想要拥有肌肉的人设定的目标不尽相同，有的想要变成施瓦辛格，有的想要变成彭于晏，有的不想把腿练粗，有的只想锻炼腹肌，有的女人只想练成翘臀，有的女人却想练成史泰龙的样子……无数的人有无数的目标，无数的人通过自己的实践拉近了与目标之间的距离，而有的人却距离目标越来越远。

这是怎么回事呢？其实这就是对自我的认知不够充分。当你来到健身房，无论墙上挂着的是男子健美大赛的冠军还是维密天使，他们都来自远方，他们都不是你，而你，首先要做的事情就是了解自己。举个例子，假如我的身高是190厘米，我想要练成无比发达的肌肉，显然有些困难。190厘米身高的臂展与170厘米身高的臂展是不一样的，填满两者相差的二十厘米肌肉的难度堪比登天。因此，在同样有效的锻炼时间里，一节课60分钟，一年52周，几年下来，190厘米身高的人在视觉上并不比身高170厘米的人更强壮。再举个例子，如果我是一位女孩，身高160厘米，每天都渴望维密的身材，这可能不太现实。先不说身材比例，因为在身高上就已经注定了，你就是160厘米。这两个是比较典型的、简单的例子。那么，身高190厘米的男人就要放弃锻炼形体了吗？身高160厘米的女孩子就没有维密性感了吗？当然不是，无论你是练给别人看，还是取悦自己，锻炼形体本身都是一件自我的事情，锻炼形体也是灵魂与肉体间的一种对话方式。

我看到过不少相约健身房锻炼的好伙伴，他们相互鼓励，你推一组，我举一组，你蹲一下，我蹬一下，这显然比自己锻炼更加有激情，在力竭的时候也能给予辅助，但我这么多年，始终坚持一个人锻炼。一个人时，我更能够观察自己身体的状态，沉静下来，享受血液不断涌入肌肉的感觉。一个人时，我也能抓住自己的某些把柄，偷窥意志的软肋。

练肌肉就怕和别人比，一旦比较，锻炼形体也就没有意义了，这也是我为什么不喜欢健美比赛。健美是一种评分项目，却没有难度分，只有裁判的笔在纸上勾勾画画，完全是主观的。刚才说到了身高的问题，这只是一方面，还有腿长、腰长、肩宽、颈长以及头围等问题。同样身高的人，有的人四肢短，相对而言，他们的四肢肯定是比较发达的，有的人四肢较长，他们可能胸背部的肌肉比较发达；有的女孩身高不算高，但是她们的腿长，有的身高不矮，但是她们腰长腿短……因此，千万不能比，只要心态平和，每个人都能够练就属于自己的美。这话说得确实有些不要脸，因为一旦进入了这个圈子，不去和别人比是困难的，我以前也是一样，但这些终究都会过去的，世界上各种各样的人太多了，身材也不乏千奇百怪的，比来比去又能怎样呢，全天下根本没有身材完美的人。

女性的想法可能要比男性更加复杂一些。目标不同所以着手点也不同，有的想练就一副蜜桃臀，有的就是想减重，越瘦越好，有的每天都去健身房打卡，为的就是平日里能做一个毫无顾忌的老饕。我不评价她们这样做是否正确，只是有时候挺心疼她们的。虽然不少女性高举着“女权主义”的旗帜，喊着诸如“我就是为了让自己好看”的口号，到头来还是取悦了身边的男性，极少数的人还会去嘲讽另一部分不去健身的女性。在我看来，这就有些不健康了。过多地关注自己的形体只会让你越来越不快乐，这都是攀比带来的痛苦。一个人从自恋跌落到自卑往往只需要一秒钟，而修复这一秒钟的耻辱，相当于三个赌徒同时戒赌。遗憾的是，攀比是人类的本能。

还有一件事情，就是肤色的问题。在毕淑敏老师的《南极之南》中有这么一段：“总之，皮肤颜色若有改变，在缺医少药的古代人眼里，是可怕的不祥之兆。从此明白了人们为什么对光滑平整的皮肤有颇多好感，对白色有不明觉厉的喜好。它源头朴实——来自原始人对疾病与外伤的深层恐惧。这种不安全感潜藏在我们的血液中，以至于我们对‘雪白’的热爱，从健康蔓延到了道德层面。”我十分认同毕老师提到的对于喜爱“白”皮肤的解释。我为什么要说到肤色的问题呢？这是因为当下不少的健身男女已经开始盲目美黑了。我不排斥美黑，这是个人选择。但是我认为，你生来是什么颜色就做什么颜色的人就好了。生来雪白，它就有雪白的道理。紫外线可能会把皮肤晒伤，东方人的五官没有西方人有棱角，并不十分立体，晒得满脸乌漆麻黑的，倒有些穷乡僻壤的味道了。所以啊，跟风这件事，我从来不做，这让我觉得愚蠢。

其实“美”并没有统一的标准，除了形体美，音乐、舞蹈、绘画、诗歌等艺术形式也是如此。那么，塑造形体美可以称为艺术吗？我认为可以。

其实，肌肉建筑的门槛不低，就像“文艺复兴三杰”中的米开朗琪罗一样，他不仅是雕塑家，同样也是画家、建筑师以及诗人。做一位肌肉雕塑家，你可能要懂一些解剖、生理、营养以及训练法等横向学科的知识，如果一股脑地盲目练肌肉，就像是没头苍蝇，时间久了，单一的贫乏将会淹没自己。

审美的能力大概有两种，一种是先天的，与生俱来的，一种则是通过后天的锻炼得来的。我比较崇尚第一种，先天而来的审美冲动。希腊神话里的赫拉克勒斯和天主教圣徒圣塞巴斯蒂安都会令我着迷。我们锻炼自己的形体，锻炼一寸寸的肌肉，这并不能带领我们到达最终的彼岸，它是抵达彼岸的前提，掌控自己的身体会带来灵魂的肯定，它就是这样的神奇。后天的审美训练容易被套路裹挟。当你的身边到处都是肌肉先生时，再看那些不训练的人，会感觉他们毫无力气，十分弱小，因此，不可盲目地理念先行。当所有的画家都画同样一幅作品，所有的作家都在搞非虚构写作，所有的肌肉都要照着一种方法锻炼，所有的主观世界都要臣服于某些主义的时候，先天的审美天赋就显得尤为重要了。

想练肌肉，就去练吧，这本身是一件很有趣的事情，无论男女老少，无论健康或者疾病，无论锻炼的目标是哪个明星抑或是未来的自己，就去练吧，不要阻止荷尔蒙，不要阻止先天的审美趣味，不要伪装自己，不要因为“小麦”和“雪白”争得你死我活。你的肌肉很美，它就是你自己。

人最大的错觉，就是自认为可以掌控时间；人最大的现实，就是错觉地认为你掌握不了你自己。

敬酒

前些日子，不知道从哪里看见一句话，说是“成年人的快乐，除了咖啡还有酒精，白天归顺生活，夜晚臣服灵魂”。这话说得在理。这些年，喝咖啡的人多了起来，主要是以年轻一代为主，他们试图展现自己的生活品质，毕竟除了这些外表的装潢，他们也没什么能拿得出手了。酒呢，自古以来，文人雅士饮酒之人颇多，王恭有一句名言：“痛饮酒，熟读《离骚》，便可称名士。”虽然叶嘉莹先生认为，这是“我们中国旧文人的坏习气”，暗讽了部分只知吟风弄月、舞文弄墨的文人，但是对于他们饮酒，我想，叶先生应该不会有太多的意见。李白嗜好饮酒，常年酩酊大醉，他写过“举杯邀明月，对影成三人”。胡适二十八岁就能喝两斤花雕酒，常因酒误事，日后多次戒酒也屡屡失败。鲁迅先生也极爱喝，曾在给许广平的信中这样写道：在1925年的端午节下午，自己馋酒了，一个人就喝了六大杯的烧酒，还有五碗的葡萄酒。文人才子是卓越的，他们摇荡性情，他们行诸舞咏，他们让平凡人神往，就算看似有一些“陋习”，也给他们添了一道充满诗意的感性光芒。

上文中列举的人物在自己的领域都有丰功伟绩，世俗之人就没那么幸运了。假设一个人无所事事，成天憋在家中画画，每日醉生梦死，那么，他身边的所有人一定会给予他绝对的否定，否定他的德行，否定他的人生。如若有朝一日，此人成了高更，对他先前的评价，是不是就显得有些可笑了？

什么小酌怡情，什么大酌伤身，已经被我们说烦了，说够了，无论怎样，眼下许多人依旧乐此不疲地沉溺于酒精的世界之中。我这个人生性直率，向往自由，如果让我从书店随便翻开一本书，其中一页写道“远离酒精”或者“百害无一利”，我想，我会立马合上书，敬而远之。谁都可以站在道德的制高点，对那些喝完酒后所谓的不齿指指点点，但是大多数时候，过度饮酒所产生的一系列后果都应在一定的社会条件下来谈论。盲目地攻击酗酒者，显得十分愚蠢。要是让我来写酒，我会将酒描绘成一种“成人用品”，也可说是一种“致幻剂”。致幻的程度在客观上看，主要取决于摄入了多少这种液体，它的浓度、个体的耐受程度也要考虑在内。主观上，喝酒要看你的心情，也要看你对面坐着的是谁，常有酒不醉人人自醉的事情发生。

要是让我来说，酒，是至高无上的，它不是全部属于人类的，或者说一半是属于人类的；它也不属于道德管辖的范畴，它挺神奇，好似游离于三界外，不在五行中。这也不难说明，为什么李白是诗仙，杜甫是诗圣了。

“你平时喝酒吗？”

“不喝。”

“父母喝酒吗？”

“不喝。”

“父母的父母喝酒吧？”

“不喝。”

“好，你的亲戚、同学、同事肯定有人喝酒。”

“是的。”

如果你身边有人喝酒，那么恭喜他（她），比起不喝酒的人，他们确实多了一份乐趣。

酒呢，制作出来就是要人去享用的。后来，喝酒的人经历了无数次的实践与总结，人们开始选边站队。第一种人，是认为喝酒就如同喝毒药，把一切喝酒的人通通打进了地狱的激进派。第二种是喝酒不贪杯的温和派，他们把喝酒当作社交的一部分，认为适当饮酒可让人心情放松。第三种是保守派，他们觉得“周五不喝酒，人生路白走”，喝酒已经成了这部分人的习惯，有的人甚至每天都喝。

矫揉造作地说，酒，就是卑鄙者的通行证，修身者的绊脚石，作家的提词器，孤独者的对话栏。喝酒就像吹气球，吹呀吹，吹到适可而止，既美观又实用，如果继续吹，等待它的就是一声巨响。所以，它一半是属于人类的。它能迅速唤醒男人的性冲动，令它们下体最硬的平滑肌不知所措；也能诱发一阵阵的潮红，浮现在女孩的脸颊与脖颈上，让她们坐立难安。

醉酒过后的数小时，它残余的能量依旧持续影响着血液和内脏器官的正常生理功能。此时，大脑由过度兴奋的状态转为一种持久的低迷状态。摄取过度的酒精，大脑的某些部位受了伤，有时甚至丢失了喝酒时的部分记忆，回想这种断断续续的零星片段令人不快。反应迟钝、脾气暴躁、头疼、眩晕、反胃、恶心的感觉会持续一整天。此时，身体的乖张不适令你情绪低落，这样的低落随即会转为哀伤悔恨的情绪。如果有人热心地帮你回忆了昨晚的“光荣事迹”，那么好了，你恨不得找个地缝钻进去。你大声说道：“停，不要说了！”久而久之，酒精自然会带领我们陷入自我否定的困境之中，让我们的意志变得不坚定，情绪变得不稳定，让我们觉得世界不可控的因素太多太多，醉酒之人既渺小又无助。不过，也正是因为有人醉酒，幸运地触摸到了人类意识可控的边界。因此，喝酒是让我们认识自我局限性的一种最便捷的方式。

我自己也爱喝点儿酒，各种类型的酒也没少喝，洋酒辛辣无味，有些需要加入冰块和柠檬才好入口；红酒味道浓郁，口感绵密，自己一个人喝，确实还有些小资情调；中国上好的白酒可以说是琼浆玉液，回味悠长，可惜我实在是享受不得，很多自认为懂酒的人常跟我说“不爱喝白酒是因为岁数没到”；韩国的烧酒、日本的清酒，我总是若即若离，现在有很多厂家在里面添加了一些果味的成分，这样的确更易入口；鸡尾酒我喝得最少，一般是去海边喝得多，或者偶尔喝两口女友剩下的“福根”；啤酒一直都是我的最爱，无论是工业啤酒还是精酿啤酒，几口下肚香气扑鼻，六神送爽。

我平时写东西的时候，也尝试过边喝边写。有天夜里，我正在写一篇文章，写了几行就发觉自己的思路不清晰，用词强扭、不准确，情感到了，只可惜脑瓜子里的墨水不够，显得贫乏。我去厨房找到了一箱红酒，不一会儿就半瓶下肚，面部微微发热，心跳开始加速，全身逐渐放松。不知道是不是酒精的“致幻”作用，这时的思维是最敏锐的。我随即在键盘上快速地敲打着，越写越兴奋，越兴奋就越频频端起杯子，写得行云流水，酣畅淋漓，好似在玩儿俄罗斯方块儿，灵感与词语在变换了角度后，形成了一段又一段无懈可击的句子，最终卧在电脑屏幕上。大脑转得越快，消耗的能量就越多。我再次来到厨房，找了一些坚果熟食，就这样一边吃一边写，凌晨两点多，最终满足地躺在了床上。

次日醒来，桌面上乱七八糟，地上有三瓶喝光的红酒。我用力眨着浮肿的眼皮，看着昨夜写的文章，竟然一句都不通顺，只是夜郎自大的气场很足，十足的羞愧。

事实证明，喝酒找灵感这一说法，对我来讲，就是单纯地想喝酒了。但我相信，肯定也有人喝完酒写得会很好。前些年我与父亲拜访一位书法家，他的《般若波罗蜜多心经》写得极好，但他必须要喝完酒才能写好。

这次回到济南，要住很久，回来后不免有一些酒局。济南是什么地方？山东呀！山东什么地方？孔孟之乡呀！在酒场摸爬滚打多年的人知道，山东人不仅能喝，而且酒文化这方面，也是做足了。孔子在《论语·乡党》里有一句“唯酒无量，不及乱”。意思是酒量没有大小，喝到不醉即可。谁知很多人把这句话撂在酒桌上，要么就是想让人知道自己能喝，要么就是劝人多饮。

山东人吃饭喝酒前，最麻烦的一件事就是入座，你推我让，堪比打架。请客的人叫“主陪”，他的小弟叫作“副陪”，主陪要请的是“主宾”以及“副主宾”，剩下的还有“二陪”“三陪”“三宾”“四宾”等等。梁实秋在《谦让》里写过这样一段：“我每次遇到这样的场合，便首先想起《聊斋志异》上的一个故事：一伙人在热烈地让座，有一位扯着另一位的袖子，硬往上拉，被拉的人硬往后躲，双方势均力敌，突然间拉着袖子的手一松，被拉的那只胳膊猛然向后一缩，胳膊肘尖正撞在后面站着的一位驼背朋友的两只特别凸出的大门牙上，咯吱一声，双牙落地。”山东人有文化，山东人也爱酒，大部分山东人炫耀自己的文化，也都仅限于酒场上的繁缛礼节，令人唏嘘。山东人喝酒从来不让主宾与副主宾主动举杯。在山东人眼里，主宾举杯意味着酒局结束了，因为他要做总结性的发言，感谢主陪的热情款待，借某个节日祝各位家庭幸福，身体健康；要是职场的酒局，那就要祝愿事业蒸蒸日上等等。总之，形式远远大于内容。

上了凉菜后，主陪与副陪两人商量好，每人要带领几个酒，在座的所有人都要一起喝，也不听别人的意见。要是主宾是位可怜的外省人，那是要倒了八辈子霉了，常常搞得他们不知所措，坐立不安。有一次，一位西方人和我们参加了一场酒局，酒过三巡，热菜也刚刚端来一半，那外国人吃完饭就想要走了，主陪不让他走，到最后闹得十分尴尬，他认为我们中国人在强迫他，而中国人觉得这是对他的一份尊重。

主陪和副陪把酒带领完，大家就可以随意地穿插着喝酒了，一般都是带有目的性，谁的权力越大，就要先和谁喝。如若一个桌子坐了八个人，其他的六人正在相互敬酒，两个落单的人相视一笑，一同举杯，无论认不认识或有无眼缘都要假模假样地喝两口。山东人已经被这种所谓的酒文化驯化得十分服帖，甚至还有让人最不能够理解的举动：很多男性为了在客人面前表达热情，甚至要让妻儿起立敬酒，也不顾是否顺从他们的心意，实在是蒙昧。

相比而言，北方的其他地区喝酒就痛快多了，特别是内蒙古。我有几位比较聊得来的内蒙古朋友，喝到有些酒意了，他们会起身，唱一首蒙语歌曲，赞美草原，赞美母亲，歌声悠扬。东三省朋友也是爽快，他们和山东人一样，酒量大，胆量也大，把肚子往桌子上一摊，拿起啤酒就要和老铁们炫一瓶。到了北京，大爷们喜欢铜锅涮肉，开上瓶牛栏山二锅头，一张嘴就是一万里，一开口就是上下五千年，天南海北地侃大山。南方，江浙地区，大家就变得文雅多了，几碟小菜，一壶白酒，边吃边聊，细细品味，杯酒言欢，他们喝的是情调。再往南，广东部分地区，他们在吃饭的时候很少喝酒。有一次我去汕头，飞机落地后，当地的朋友说晚上要请我喝酒，可是到了吃晚饭时，餐桌上没有任何与酒有关的饮品，我就问他们：“酒呢？”他们也很诧异，说吃饭就是吃饭，并不喝酒，饭后他们会去专门喝酒的地方，比如酒吧。当然，上面我举的例子可能过于片面，也并不能代表各个省市的酒场特色，就当我是拿它们来嘲讽虚伪的酒文化吧。

有人常说“酒品如人品”，我并不赞同，衣冠禽兽者喝完酒后泰然自若的并不少见，平日里老实巴交的人喝完酒“大闹天宫”的也司空见惯。酒后的各种惨烈的景象我见得太多了。上文我提到，酒是不完全属于人类的，人的身体是不能驯服酒精的，酒精却完全可以驾驭人类，它想要你变成什么样，你就会变成什么样。酒精也不是没给过人类机会，唯独可以与它抗衡的就是在你微醺的时刻，选择是否再继续喝下去。酒精也算是宽容，但是人类对自己却过于放纵了。

现在喜欢喝酒的年轻人越来越少了，我倒觉得这并不是一件好事，正因为有了推杯换盏、觥筹交错的酒局，才使投脾气的青年男女聚在一起深入对话。他们在酒桌上大肆朗诵，踌躇满志，也会多愁善感，茫然失措，在不间断的激情过后，往往留下的都是忧愁、哀伤的情绪。也正是拥有了这一份情绪，才使得我们不停地对真理追问，就像许知远在《那些忧伤的年轻人》里说的一样：“年轻人的忧伤，恰是时代真正的希望。”现在的娱乐活动太多了，打开电视机，单单综艺节目就足以让你眼花，各种手机游戏琳琅满目，户外的活动越来越少，大家都隔着屏幕在信息茧房中交流，年轻人聚在一起喝酒，倒是我现在挺愿意看到的一件事。

不过，我们还是要实事求是，酒对人的害处可能要远大于从中得到的乐趣。首先就是对身体的伤害。它伤脑、伤肝、伤胃，长期饮酒还会引起一系列的连锁反应，比如“三高”一类的症状。其次，要是头天晚上喝了一场大酒，第二天基本上就什么事情也干不了了，这叫喝酒误事，可能会因此让你丢了饭碗。最后，酒这玩意儿，它会让你上瘾，在电影《单身男女》中，吴彦祖扮演的建筑师有句台词：“之后我又赢了几个奖，那时候人人都说我行。我也以为我真的行，就自立门户开了公司。但不知道为什么，我突然就不行了。那就喝点酒，刺激一下。还真的有些想法，觉得还行。但酒醒来以后，又觉得根本不行。愈喝得多愈不行，愈不行愈喝得多，现在脑袋完全不行，酒量却非常行。”这就是一个典型的恶性循环。戒酒与戒烟一样，都是有一些难度的。有一本书，我记得十分畅销，叫《这本书能让你戒烟》。前两年身边还确实有人把烟戒了，复没复吸我倒是不知道，但是我总觉得，一种让你上瘾的成分，一定在你的身体中，特别是大脑中留下了某种极其强烈的愉悦的记号，一旦尝试过这种强烈的愉悦，很难忘记它。因此，很多要戒瘾的人，需要一辈子与它抗衡。己欲立而立人，己欲达而达人，平日里那些无瘾的看客把戒瘾想得有些简单了。

那么，我们应当怎样去处理，或者说应付喝酒这件事呢？要我说，顺其自然最好。平时不喝酒的人没事的时候少动它，爱喝酒的那些人也就好自为之吧，控制欲望确实有些不人道，但是纵欲更是一种堕落。苏格拉底平时不饮酒，但他的酒量却比谁都大，而且从来不醉。他不提倡禁酒，而是提倡不要沉溺于酒中。

无论你对酒的看法怎样，它都在那里，有人因它欢呼，有人因它忏悔。古代的色雷斯人把酒给人带来的美好感觉都归于巴克斯（罗马神话中的酒神），这样可能就说得通了——酒，它一半属于人，一半属于神。

青年人的漫谈

我检讨，有时候我总是责怪今天的青年人，觉得他们总把无知当作个性，不仅如此，他们还总是善于雄辩，把自己所知道的一些浅显的理论拿出来班门弄斧，让自己显得高人一等。还有一大部分青年人在“躺平”与“内卷”中挣扎。我不知道他们该何去何从，有人说我纯属多虑，像“躺平”“内卷”“佛系”这些口头语可能只是青年人缓解压力的一种表达，或者说是跟风。但愿如此。不过，我也思考了一下，这些问题的出现其实不能责怪他们，每个时代似乎都有这种“愤青”和“佛系”的人出现，尤其在今天，这种言论与生活方式可能在他们身边已经成了常态。

信息时代的通讯极为发达，内容纷繁芜杂，让人眼花缭乱，身在其中的青年人深有体会。他们是信息时代主要的轰炸目标。青年群体接触的信息最为繁杂，从社交媒体与手机短视频上我们就可以看出，短短15秒的视频包含了各色各样的快餐式的知识，其内容甚至都算不上知识，顶多算是常识。还有一些则是无意义的消遣视频。在这里，知识变得廉价，廉价的知识意味着不够深刻，因为内容都是别人提炼出来的，而做这些内容的人抓住了人们的胃口，一揽子将其推送。无意义的消遣视频就更加俗不可耐了，五花八门什么都有。社交媒体会根据我们的喜好不断推送新鲜内容，这些内容对大脑有着强烈的刺激。滑动手机屏幕一直到夜里两三点钟的大有人在，直到大脑力竭才肯放下手机。早上起来，梦神早就把你夜里刷的视频吃得一干二净了。可以说，这些短视频不但影响青年人的健康，也剥夺了他们获取其他娱乐方式的自主权。二十多年前有一本书叫《那些忧伤的年轻人》，许知远在书中写道："电视使我们肤浅，为了迎合我们短暂的注意力，电视节目必须抛弃深度。"这句话用在今天，依旧令人深思。

我们很难说，相比本世纪二十年代与上世纪八十年代，人类的思想到底是进步了还是退步了，但至少，每一个时代的青年人都该对他们所处的时代抱有偏见，带着偏见去探索世界可能会让人类推开通向真理的大门，令人头疼的是，这些偏见的对象本身又总是那么坚固。眼看着年青一代被裹挟着走在路上，确实有些无奈。或许他们了解了许多不同领域的知识，任何东西在他们嘴中都能说出个一二三，但他们所说的东西只是一种“背诵”，而这些知识或常识并不能引人去做深度思考。当下，我们总觉得机会多，比上一辈、上上一辈人的机会多。九十年代初，想学个乐器都不知道从哪里请老师，如何下手，只能对着录像带一点一点地模仿，虽然他们的技术是舶来的，但梦想却是真实的。转眼到现在，别说乐器了，你想学什么就动几下手指吧，手机会告诉你去哪里学，或者怎样学。这就产生了一个问题，当他们有太多选择的时候，就等于没有了选择，也就是我们常说的“越容易得到的东西越不珍惜”。所以青年人总是三分钟热度，很多事情也都浅尝辄止。那么就“躺平”吧、“佛系”吧，会弹两首歌，会讲两句外文，会做个葱油拌面，就这样做个斜杠青年吧……相比中年人，他们的人生经历不多，社会经验浅显，自控力较弱，如果让我说句建议的话，这话听起来可能比较恶心，那就是希望他们，充盈思想，认识自己，寻求真实。我认为，这可能是目前的青年一代最值得去做的事情了。

我们都是从少年、青年再到壮年逐渐成长起来的，长久以来，大家总是在一条大路上行走，如果想换一条路走或者在路上遇到了问题，身边的长者便会语重心长地告诉你过去先贤的经验，在孔子曰、孟子曰和老子曰之后，再次把你领回大路上——这些长辈经常把圣人说的话当作他们的日常用语。我记得王小波在《文化之争》中写过："我相信，假如孔子或者孟子死而复生，看到后世的儒生总在重复他们说过的只言片语，一定会感到诧异。"

身处这样一个信息多元的历史阶段，想要两耳不闻天下事是奢侈的。在这里，人与人的对话变得愈加困难，如果你自暴自弃，那么将会随波逐流，被这段历史淹没。如果你还有一些觉知，无论你是惶恐、坐立难安还是无所适从，都不能放弃对思想与智慧的追逐。

青年人认识自己十分重要。几年前，我也有许多困惑，这些困惑大多数是在选择上面临的一些问题，这些问题的根本就是不了解自己，不认识自己。表面上，我们好像都了解自己，很多时候，我们对自我的了解总是不够深入。举个例子：假如我最近总是吃很多面条，这是为什么呢？是因为打小家中就常年吃面条，所以已经成为习惯，还是因为最近的体力消耗比较大？如果是体力消耗大，那么为什么消耗大？我怎样减少消耗，或是我值不值得继续这样消耗？消耗与我所得到的成正比吗？到此结束，你通过吃面条这件事情与自己进行了对话，这种对话能洞悉任何人都看不见的角落。在对话的过程中，你能察觉到的不仅是机体的消耗原因，还能窥探到自己对待事物的勇气、意志力与决心。自我沟通十分重要，在你做任何决定之前，或在任何事情发生之后，都要停下来，与自己对话。久而久之，你对自己初步的认识就已经达成了。此时，你便可以自由地选择最擅长的领域去发挥自己的才能了，不再三分钟热度，不再畏首畏尾。你会发现，独自一人时，无论是站在阳光下还是立在暗夜中，从此都会直面人生的波澜，并且坚定不移。

那么什么是真实的，怎样去寻求真实呢？刚才说，带着偏见去探索世界可能会让人类推开通向真理的大门。我不知道有多少年轻人会对固有的现象有所质疑。我们看到的某些事情可能不是真实的，它们也许带有一层滤镜，或者被人有意篡改。如果有一天，你突然发现这个世界遍布虚假与荒谬，你要怎样去做呢？这可能需要常年的“训练”，除非你天赋异禀，对真善美有着极高的追求与渴望，不然你一定会在这个伪善的世界中沦为它的工具。辅佐一个你看不清的世界，不如尽力取悦自我。有些事我们不能去做，为什么不能呢？因为会被人耻笑，因为会影响工作，因为这因为那……不做这些事的人他们过得好吗？我看不然。世界是五颜六色的，人也是各不相同的，如果大家的话语都趋于一致，毫无特点与个性，那么这个世界将变得灰暗，不会再有明天。想改变它？门都没有。想说服他们？你有什么权力？我想到了陈嘉映老师说过的一句话，大概是这样说的：改变不了环境，就适应它——这是洗脑；即使改变不了环境，也不要被环境改变了自己——这是启蒙。洗脑在于消除你的独立见解，你所接受的东西里不包含未来自主生长的种子。青年人，能够做到“不要被环境改变了自己”就已经很好了。

在常年寻求真实的训练中当然会备受煎熬，其程度不亚于孙悟空在太上老君的炼丹炉里。确幸的是，终有一天你会看破其中的奥秘，也就练成了火眼金睛。不经历一些人情世故看不到真实的世界，所以在青年人眼中那些慷慨激昂的大道理，在老于世故的人眼中，就变得有些无知甚至可笑了。十七世纪的英国诗人约翰·弥尔顿曾说过：“把真理和谎言放出来，让他们对决，我就不相信真理不会赢。”两百年后，同样来自英国的思想家约翰·斯图尔特·密尔却说：“真理一定会被击败，我们所看到的历史和事实从来如此，但是真理有一个优势，就是它会被一再地说出来，直到它找到一个适合它生长的地方。”这两句话曾深深地击中过我。我也还算个青年人，我能做的就是不停地充盈思想，认识自己，寻求真实。虽然有时我也同不少青年人一样，想“躺平”，想“佛系”，但是你看看外面的世界，就不想尝试着劳动一下吗？

面具

我先来讲一个故事。

有一个动物园在招工作人员，一位大学生准备去应聘。动物园管理人说："我们这里有一个工作非常好，能挣不少钱。"大学生听后十分激动："什么工作？"管理人说："最近动物园死了一只大猩猩，你来装一下大猩猩吧。没事的，每天就蹦一蹦跳一跳。再说了，猩猩馆里就你一只猩猩。"大学生听后不太愿意，可是又抵挡不住金钱的诱惑，最后，他扮上了猩猩。后来，大学生成了猩猩馆里的明星。有一天，大学生过于得意忘形，竟然跳到了隔壁的狮子笼，一只狮子向他扑了过来。大学生刚要大叫，只听狮子对他说："别叫！蠢货！你叫了以后咱俩都得失业！"

我有时候觉得人和人相处真的不太容易，大家就像是上面故事里提到的“狮子”和“猩猩”。形形色色的人都带着虚伪的面具，没有任何人可以从容地摘下它。如果真有一种所谓表里如一的人，他一定在这个世界上不太好过。在所有的道德形容词中，虚伪是我最鄙视的。虚伪便是虚假、不真实，我在考虑虚伪这件事情的时候，竟发现当下所有的事物都包含了虚伪，虚伪的人甚至在吃饭、性交和排泄等一系列生理过程中都可能表现得表里不一。

虚伪这个词比较大，也就是说在虚伪之中还有不少构成它的因素。过于自卑、自负都可以将人变得虚伪。这些还算比较说得过去。比如一个人准备请他过去的大学同学吃饭，结果发现这家餐厅他根本就消费不起，但他还是硬着头皮结了账，饭后却跟同学说，他自己的公司就要上市了，但其实他还在家中啃老。《夏洛特烦恼》的主人公夏洛在影片的开头就是这样的一个人。这顶多算一种虚弱的表现。这种表现聪明人一眼便能识别，往往还会对当事人投出一种同情的目光。这种事还算比较普遍，大部分人身边就有不少这样的例子。在虚伪中，我最鄙视的一种形态就是将自我追求功利的结果用炫耀的方式来散播。这种人一般都比较富裕，有大型外企的高管，也有从小地方一路爬上来的中小企业家，等等。他们有着共同的特点，其一是这些人都经历过不少大大小小的挫折，其二是他们长期思想偏狭却又不自省，其三是当他们“混出来”后都会产生一种莫名其妙的勇气，用来说教他人。我身边也有不少例子。他们这种人也很好识别，一般来说，他们总是坐不太住，眼神飘忽不定，你要是跟他说前门楼子，他可能在说胯骨轴子；你与他聊天气，他跟你说前天租了一艘游艇；前一分钟跟你讲儒释道，修心修身都不够还要齐家治国平天下，后一秒就在高档夜总会举办了公司的庆功宴，你跟他说“这……”，他回你说“这叫动静合一”。他们身上带有一种滑稽的信仰，认为只要做到别人做不到的事，你就可以成功，甚至游说你去相信他。为什么要相信他呢？因为他们看起来是“成功”的。

有一次，我在一场酒局上见到了这种人。他是某外企驻山东地区的高管。那天他迟到了，入座后在我左边坐定，然后眯着小眼睛四处打量，仿佛在寻找猎物，最终看到了我这里。第一次见面，还没有打招呼，他上来就问我认不认识某某，出于礼貌，我倒是认真地想了想，大概是认识。这个话题我还没来得及追问，他已经开始摆弄手机了，找出了他家别墅的照片，让我有空去玩儿，当然我也“虚伪”地回答，一定去。后来，他开始和我谈健身、聊游艇。他怎么说，我也跟着怎么说，表面上随声附和，实则厌倦至极。我跟他说：“您平时涉及的领域挺多啊。”他随之一笑，说：“玩呗，有空一起玩儿。”接着，他又说：“周六我邀请了某某来我们公司做活动，你也来吧。”他说的这个某某，是一个小明星。毕竟是熟人的酒局，我也不能直接拒绝，只能委婉地说周六有工作要处理。才三五分钟，这个人已经打算把我邀请到公司去，从这个效率上来看，他绝对是一个行动派。行动派有一个特点，做事雷厉风行，效果立竿见影，这会让不少年轻人崇拜。周六上午，他特意在微信中给我发了邀请函，我拒绝了。因为他还不知道我的名字。我没有把他从朋友圈删除，因为我很好奇像这种目中无人、自以为是的蠢货还能干出点儿什么荒唐事。

为什么说这一类虚伪的人比请大学同学吃饭的人要更可恶呢？因为他们的言语与行动会影响初来乍到的年轻人。这些年轻人刚进入社会，涉世未深，他们也许家境平庸，有的甚至需要尽快挣到钱用以养家，你要是质疑他，他可能会说：“各取所需。他们要挣钱，我不是带他们挣到钱了吗？”这话倒是也没错，但是这种话不能这么说。既然是具有一定影响力的人，应当时常反思自己内心的虚伪与诡辩，如果将这种异常的观念继续传递下去，虽然法律不能将其约束，但是在道德上一定会遭到绝对的谴责。这种人就算学会了开游艇，练出了八块腹肌，高尔夫打了七十二杆，又或者挣了再多的钱，所有这些也都将用来给真空的大脑买单。这种貌似高端的传播虚伪方式的行为令我作呕。

说到这里，我想起了我们的体育圈，这个圈子我最熟悉。相对而言，体育圈还算比较简单一些。但是体育圈也很大，不同的运动项目、不同的人，他们虚伪的内容也不尽相同。打个比方，球类项目的大部分人的家境比重竞技项目要好一些，比赛中拿到的奖金也比较多，大部分企业也会选择赞助有市场的球类项目。因此，这里面就会产生两件事。第一，在球类项目中，家境不好的一小部分人是否要与其他人开一样的车，住同等面积的房。第二，重竞技运动员怎样说服自己从事的项目已经“输”在了起跑线上，或者怎样让球类等项目的人看得起你。这些隐晦的暗自嫉妒、比较大家早已心照不宣了，这还只是冰山一角。上面的问题可以解决吗？我想，一时半会儿是解决不了的。组成一个人的虚伪是多方面的，有自卑，有自负，但是在虚伪之上，有一个更大的词，叫作公平。

所以你看，这些带着虚伪的面具的人可能不是有意为之，冥冥之中早已有一种莫名的力量在掌控、制约着他们，这种力量至少在这个世界中是无解的。如果绝对公平做不到，那么相对公平可以做到吗？我不知道，但是我总觉得，可以去试一下。至少在相对公平后，我们就不会那样虚伪了。至少有了相对公平，人类本性的那些不齿将会隐藏在深处。思来想去，要达到相对公平的状态，只能通过每一个个体的努力，这就需要一种愤世嫉俗的能力、质疑一切约定俗成的能力和一种求真的冲动。虚伪的人本不是虚伪的，只是不得已而为之。现在，我倒是有些同情那些虚伪的人了。如果他们能够多看到一些善，多被拥抱与理解，可能会好一些。这样说来，也不能过于责怪虚伪的人的虚伪了。

表里如一的人有没有呢？应该是有的。他们是清醒的。

但是他们一定在这个社会上过得不好。我们都说“在夹缝中求生存”，他们甚至连夹缝都进不去，因为进入夹缝的都是机会主义者。清醒的人也分为两种，第一种总是唱反调，被世俗排挤，第二种呢，他们向来就不作声，早已是幽人归独卧，滞虑洗孤清了。虚伪的人最可怜，清醒的人最荒唐。

既然我谈到了虚伪，那么我自己虚伪吗？我当然虚伪。因为这是我最常问自己的一个问题。我曾经也像夏洛一样，虚头巴脑，脚不沾地地活着。后来我也挺幸运的，早早地就逃离了运动队的那种环境，也接触到了不少老师与长辈，在他们的引导下，我开始反思自己的过去，不停地省察过往的人生。在十年思想浅薄、环境单调的日子之后，突然进入了一个思想自由的世界，犹如从石器时代到了信息时代，这让我对先前自己的虚伪嗤之以鼻。直到现在，我也只能说，自己还是虚伪的，只是我在做事之前，思想会比行动多迈出一步，尽最大的努力来制约内心的虚伪。我承认，自己很多时候根本就做不到，那么我只能将虚伪的面具再次套上，只不过，这次的面具是透明的。

敢问死

1997年的某一天，当时我还不满五岁。我睡觉的小床在父母睡觉的大床旁边，小床比大床矮一截。那天中午，我睡了一个短暂的午觉，醒来后还赖在被子里不肯起床，父母早已离开卧室。就在这时，没有任何征兆，我意识到生命终将在某个时间终结，随即我进入了深思。一旦生命终结，我将感受不到在这个世界所能得到的任何呼唤，亲情、阳光与土地，所有一切的抚慰将烟消云散，一种恐惧牵制着我，我仿佛进入了一个没有时间的深渊，在令人窒息的虚空中飘浮、下坠。在这种神秘的体验中，时间的尺度似乎不再制约我，短短几秒钟，我被一种永恒的绝望强暴了。我悲哀万分，许久不能平息。后来，这种神秘的体验时不时地就找上门来，在生活中，任何高尚的意义在它的面前都显得渺小，无论我怎样有意地忽视这种常常出现的死亡恐惧，总是徒劳无功。

我周围的许多人对死亡这个话题都讳莫如深，避而不谈，好像这个问题不去谈论就不会发生一样。我的弟弟今年八岁，在孩子们的娱乐中，“枪战”的游戏总是高频出现，决斗后的情景也是出奇的相似，一番打闹后，失败者经常会说：“啊！我死了！快来救我！”家长听后，赶紧在旁边念叨：“呸呸呸！什么死不死的！这孩子不会说话！”

在面对死亡时，我们向来如此，总以隆重且悲痛的方式送别死者，亲朋好友如若在葬礼上不哭得声泪俱下，事后一定有人指指点点，说这个人冷血无情、麻木不仁。国外某些地方的葬礼则不一样，在他们的葬礼上，亲朋好友会站到台前谈论死者生前的往事，有时候还会幽默地打趣，在墓前最后的告别，是对逝者庄重的缅怀。这两种截然不同的送别仪式，长久以来潜移默化地影响着生者对于死亡的态度，撕心裂肺的号啕大哭必然会给生者带来更多的恐惧，悲恸的情绪会传染，这样一来，对于死亡，我们便会更加惶恐不安。《论语》第十一章十二节记载，孔子的学生子路问孔子："敢问死。"孔子说："未知生，焉知死？"意思是，子路大胆地问孔子死是怎么回事，孔子说，还不懂得生，怎么懂得死？一言半语中，孔子并没有说明死亡到底是怎么回事。所以，儒家的伦理道德并不太关心地狱或天堂，他们关心的是人际关系的日常功能。

托马斯·内格尔在《死亡》一文中说道："谈到人们恐惧死亡的原因，常有人说，那些怕死的人所犯的错误在于试图想象死去会是什么样。"原来我小时候那些神秘的体验是在想象死去后的事情。但是，我的恐惧是来自将死之时肉体与精神的痛苦，还是死亡之后的寂静呢？可能两者都怕，但后者更令我不安，因为死亡后的岑寂比将死之时的痛苦更加漫长；疼痛可能是短暂的，但是死亡后的孤独也许是永恒的。这就说明，我更害怕死亡后的虚无感。死亡后真的是一片虚无吗？这没人知道，这不能证实。"我去死，你们去生。我们所去做的哪个事更好，谁也不知道——除了神。"两千四百多年前，苏格拉底的一句千古绝唱提醒了我们，生的根据恰恰就是死的理由。加缪在《西西弗神话》的开篇写道："真正严肃的哲学命题只有一个，那便是自杀。判断人生是否值得，就是回答哲学的根本问题。"

自杀这件事我还真想过，也在窗台上短暂地停留过，可是我根本没有勇气，虽然生活很糟糕，奈何骄阳的暧昧和晚风的吟唱都令我不舍。史铁生写过这样一句话：“你说，你看穿了死是一件无须乎着急去做的事，是一件无论怎样耽搁也不会错过的事。”这倒让我有些敢于正面思考死亡这件事了，换句话可以说是，思考怎样活着。

既然我们对于死亡的时间、地点、方式、身心的感受以及死亡后的一洞天地都无法获得先验，那么，在世之人应当去想的事情就是如何活着。活法分两种，第一种活法，是在人生的三万多天里，不停地追寻意义，命好点儿的话，这三万多天也就构建成了死亡的意义；另一种活法，是仅仅活了一天，却不断地重复了三万多次。这两种，哪一种更好呢？流水线上的工人，每天都在重复着同样的工作，在当下，这些人是满足的，因为他们要有的吃，有的穿，可一旦他们想法多了，那么他们的工作将会令其痛苦。我们经常说“你看这个人，真好！每天啥事儿都不管，吃完就往那儿一躺，真幸福”！又或者是“我的孩子以后不求他有什么出息，能有口饭吃，健健康康，没灾没病就行”。如果有人选择了这种低配的活法，我只能将其视如敝屣。人之所以为“人”，就是因为人拥有自己的独立意识。独立意识是把双刃剑，在追寻思想或意义的时候，有的人不知道会被它带去哪里。尼采的超人哲学可能直接导致了希特勒的法西斯思想，而马丁·路德·金，一位虔诚的基督徒，继承了甘地的作风，在华盛顿林肯纪念堂的阶梯上发表了一番动人的演讲——“今天，我有一个梦想……”生命是有限的，追寻意义的选择权在于个体。在理想主义的实践中，是为人类的群星闪耀而添砖加瓦，还是仅为了自己的某种虚妄的权力独裁一时？虽然希特勒和马丁·路德·金都有着笃定的信仰，但依我看来，在生的道路上，追寻人性的光辉可能是最荣耀的。

司马迁说过：“人固有一死，或重于泰山，或轻于鸿毛，用之所趋异也。”我最不喜欢的一句话就是“好死不如赖活”。一般情况下，我都会反过来说，如果赖活一世，我宁愿不得好死。当然，不同的语境下，“好死不如赖活”有它存在的道理。如果一位久战沙场的老兵在最后的战争中受了伤，变成了植物人，他以后的日子只能躺在病床上度过，此时，没有任何人有权力终结他的生命，这种“赖活”存在的原因有一个深刻的前提，就是他曾创造过意义与价值。人活着的意义就是寻找意义。比如，我要阻止全球暖化，我要让世界和平，我要重建“象牙塔”……甚至我要寻找意义中的意义。如果说人生无意义，那么它就更值得一过！

我不是在说死亡的事情吗？怎么说到了活？死亡与活着压根就是一回事，死亡的意义每一秒都在生的现实里化合。可是，还是有很多人怕死，因为死了就再也见不到身边的爱人了，因为死亡将剥夺你的一切，这种想法不是在世之人需要过于考虑的。只要你走好了生的每一步，你就已经拿稳了生与死的同一性。也不必害怕意外的来临，因为活着就是礼物，对于每个人，或许这份“礼物”不可量化，这“礼物”像一盒什锦巧克力，你永远也不知道下一颗是什么口味。有的人生来残疾，有的人英年早逝，但你有没有想过，你本就是从“无”中接受礼物而来的，若干年后自然要归复于“无”。所以，面对死亡的损失和生命剥夺的困难，应该满怀感激地迎合“礼物”的无序。电影《阿甘正传》里，有一个因战争失去双腿的Dan中尉，有一次他与阿甘乘船捕虾，暴风雨突然来临，Dan中尉毫无畏惧，甚至过于兴奋，他坐在捕虾船的桅杆上，冲着天空大声喊道："来吧！你说这是风暴吗？来吧，你这混蛋！咱们来决斗吧！你和我！我就在这儿！来捉我吧！决不能弄沉……这条……船！"说Dan中尉是一个不惧死亡的勇士也好，说他不敬畏上帝也罢，但他一定接受了这份生命的"礼物"。

不要去担心死亡的事情，因为每一天的日子都是那么可爱，甚至过去与眼前的绝望和憧憬都是可爱的。我毫不介意向扑面而来的死亡看去，别管那玩意儿在高处还是在深渊，也别管那一洞天地是逍遥还是桎梏，活着嘛，自然每个人的手上都有一份独一无二的"礼物"，收下了"礼物"就去爱，就去追吧。我们不必畏惧死亡，就像太阳不会畏惧黑夜一样。

孤独之下

在过去的那些冗长的不加思考的日子里，我时常感到孤独。那时候我认为这种孤独是一种无助，是某种性情的幽闭，或是青春期的无所适从。这些青春期的日子已然回不去了，孤独却陪伴我跨过了一个又一个四季与山河。时间慢慢地流淌，孤独也缓缓地向我划来，但从未划过。

人类的孤独与孤单不同，孤单是客观的状态，我们可以说一个人很孤单，或者一只羊很孤单，但是不能说他们孤独，因为孤独只有自己能够体会。孤独厚重，它的层次不多，它是忧愁的内在，而孤独的内在是爱与恐惧。

越是孤独的人对爱的感受力越强。正因为有爱才会孤独。假如你爱上了一个人，你茶不思饭不想，你便开始孤独。周国平在《爱与孤独》中写道："孤独和爱是互为根源的，孤独无非是爱寻求接受而不可得，而爱也无非是对他人之孤独的发现和抚慰。"这句话完美地写出了孤独的底色。我认为孤独还有一种底色，我叫它恐惧。我们的孤独不可能都源自爱，当你凝望深渊的时候，深渊也在凝望着你，此时，一种幽暗的恐惧涌上心头，这般恐惧最终转化成的形式，就是孤独。说俗一些，爱是情感上的孤独，恐惧可能是基因上的孤独。大多数时候爱与恐惧虽然不可能互相渗透，但是它们将灵魂这件事变得可以去讨论与言说了。

孤独是灵魂的鞋子，爱与恐惧是灵魂的双脚。

孤独无法分享，因为它具有私密性，长久的孤独让人抓狂，因此，孤独的人需要发泄能量。孤独久了大脑会时不时地去折磨一下肉体，让它兴奋到力竭，这是身体发出的保护信号。所以，孤独可以暂时不是一个人的孤独，孤独可以是一群人的狂欢。在狂欢中，身体的兴奋会让你暂时忘掉孤独，在人群里，你可以借此流泪感动，可以把酒言欢。但是，狂欢都只是暂时的"止疼药"，到头来，越是孤独，你就越是喜爱与一群人聚在一起，循环往复，这由不得你。你越笑得前仰后合，你就越孤独，越是痛哭流涕，你就越孤独。大脑也没辙。

孤独与狂欢能够巧妙地融合。喜爱狂欢的人不一定孤独，但孤独的人善于制造狂欢。在外人看来，孤独没有具体的表现，但孤独者却早已知道自己病入膏肓。从表象上来看，发现一个人孤独也并不难，比如聚会中最投入、最沉醉的人，往往是最孤独的人。

有时，孤独的人也偏爱独处，这简直是一种自虐倾向，他们用阅读、写作、绘画，或者养一些花鸟鱼虫来稀释孤独，这都是自欺欺人，不能长久。孤独的人必须要有人陪，要不然容易得病，容易对生命感到质疑。

不过，孤独的人可以察觉到普通人察觉不到的东西。重度孤独的人当中绝大多数是艺术家，他们从孤独的痛苦中创作，将所闻所见所感转化为一段段文字、一串串音符、一幅幅画作。完成这些惊人之作的始作俑者自然是孤独，这些作品或多或少都会让创作者扒一层皮，但是他们不得不去创作，他们是被孤独选中的人，人没有办法选择孤独。

孤独的人常常没有办法与人沟通，所以他们只能依靠狂欢来慰藉孤独。这像是得了一种失语症，他们将自己的天赋通过某种手段流传下来，这份保留下来的孤独也是不能与他人共享的，除非另一个孤独的人看到它们，或者听到它们，这样，孤独的情愫便产生了共鸣。

孤独的人往往一辈子都在孤独的夹缝中生存，他们之中大部分人有着卓越的才能，有着忧伤的批判精神，也有着梦想与希望。不过他们心情不定，白天是兽，夜晚是神，一半是海水，一半是火焰。他们情绪的天平总是向左或者向右倾斜，难得有心如止水的时刻，有时候颓废，无节制地感伤，喟然叹息，有时候也能一日看尽长安花，纵情狂欢，天平左右摇摆，从一个极端迅速来到另一个极端。

如果一个人本身是孤独的，但他并不知道，或者不知道怎样运用孤独，这是可怕的。他可能永远循环在娱乐的狂欢和忧伤之中。孤独的人要自我训练艺术与情感的感知能力，要有阅读的能力，要有周游列国的能力，如果不这样，就是暴殄天物。孤独的感受并不是谁都可以拥有的，这是上天给人类的礼物，得到这份礼物的人永远摆脱不了孤独的魔咒——爱与恐惧。

人在寿终正寝之时应当是孤独的，这可能是爱与恐惧的第一次也是最后一次的融合。此时，你的灵魂穿上了孤独的鞋，爱化为左脚，恐惧化为右脚，从你的肉体中逃离，跑到希望中去。

身边孤独的人越来越少，我想这不是一件好事。我没做过统计，不知道孤独的人是变多了还是变少了。孤独也不可量化，它的厚重程度也都不一样。我希望在这个世界上不断有孤独的人出现，以此来反省，以此来创造某些深刻，人类如果忘记孤独，是可怕的。那时候，一切都将虚伪。

几百年后，但愿不会有人站在废墟之中喟叹：孤独是我遥不可及的梦啊！

请以你的名字呼唤我

爱情，总是一个被反复谈论的话题，也是每个人逃也逃不过的话题。关于爱情，或许我们不用细说从头。

自古以来，关于爱情的经典诗句、乐曲以及绘画等作品数不胜数。爱情善于给人创造忧虑的安乐和甜美的烦扰，这是源自生命的馈赠，身在其中便欲罢不能。这个世界要是没有爱情，必定少了大半的色彩。身处爱情中的人有着强大的能量，这种能量涌动在理智的边界，无限地扩张，并试图冲破。两人在一起时，可以昼夜不停地抒情抚慰，在爱情的世界中吟诗作赋，乐享鱼水之欢；如若分开，便患得患失，茶不思饭不想，夜不能寝。爱情把两人变成了一对儿吸铁石，似乎是不能分开的。不过，爱情来自人间，人间总会有些凄苦与惋惜。大家都想要一个圆满的结尾，百年好合，白头偕老……但凡是个心智正常的人，没有人不想要追求理想化的长相厮守。我们高举爱情的旗帜，歌颂的却往往是它的遗憾。这种遗憾升华了爱情的意义，将人性的光芒洒向大地。

古有爱情传说梁山伯与祝英台、白蛇传、牛郎织女，也有莎士比亚创作的戏剧《罗密欧与朱丽叶》和汤显祖的传奇剧本《牡丹亭还魂记》，这些故事无不凄美悲壮，感天动地。是啊，爱上一个人，却不能与他相守，这是何等的悲惨与无奈，其实这样的故事每天都在发生。相比大团圆式的爱情，我更加着迷于缺憾的爱情之美。我甚至不知道用何种语言来赞美它。

多年前的冬天，我在某电视节目中看到了李健老师翻唱的《假如爱有天意》。这首歌本是韩国同名电影的主题曲，他重新填了词。我被这首歌深深地击中了。歌词里写道："谁知道爱是什么，短暂的相遇却念念不忘，用尽一生的时间，竟学不会遗忘。"当天，李健老师穿着绿色的衣服，闪闪发亮，他站在舞台中，又如悬浮在天地间，人歌合一，好似幻化成了无数只萤火虫，飞向了世间的各个角落，寻找着为爱情而游荡的灵魂。我潸然泪下，仿佛置身于旷古绝今的一次次哀婉的爱情故事中，他们破镜重圆后又再次天各一方。这首歌曲带着难以言表的缺憾与无奈向我扑来，从没有一首歌如此打动我。难道我上辈子也是一只蝴蝶？我不知道，但我希望自己是鹊桥上的一只喜鹊，为天下的离别之人解相思之苦。

想想看，你与一个人相爱了，立了誓言，要生死相许，可是爱情的不可抗力向你们袭来，该死的事情还是发生了，突如其来，来不及反应。你失去了他（她）。你骂老天爷不公平，凭什么相爱的人不能够在一起。你丢了魂，仅剩了一副日渐消瘦的皮囊。回想起过往的欢乐，还是那么真实，但是这些故事已恍如隔世。你陷入了一种无尽的相思之中，再次抱起他（她）留下的衣物，闻着熟悉的味道，掩面痛哭；你盯着相册，试图从脑海中寻找按下快门之前的零星片段；你见到了他（她）的朋友，与他们诉说你们是何等的恩爱两不疑……时间久了，你要怎么办？我想，你只能把对他（她）的相思刻在心中了。夜深了，你便不停地呼喊：快回来！我好想你！我需要你……秋也深了，枫叶尽染，你捡起一片思念，许下了第三百六十五次的心愿……旧衣物与旧相册的颜色也都深了，你的头发却白了，你依旧念念不忘这春风十里的遍地柔情……百年之后，你的好友也都相继离世，没人会再次提起这份爱情，但你早以“愿为西南风，长逝入君怀”。这样的执念是何等的悲惨，何等的令人向往！

很早以前，我的一位老师说过，优秀的文艺作品都应是哀而不伤的。我似懂非懂。当然，体会哀而不伤，需要狡猾的爱情之神给你上一课。虽然这节课的笔记林林总总、纷繁芜杂，但是经过时间的沉淀，或许能总结出个门道。但我不甘心，凭什么哀而不伤，凭什么总要适度和节制？我宁愿爱情是向死而生的、炙热的，是绚烂的烟花绽放，是一眼万年。朝朝暮暮，天长地久，都好都好，只是不足以构成烟花盛开的那万分之一，永恒的瞬间会让人类幡然醒悟，原来，这是爱情最美的花朵。

“听说太理想的恋爱，终不可接触，我却哪管千山走遍，亦要设法去捕捉。”王杰的《谁明浪子心》同样唱出了爱情的执着与忧伤。爱上了一个人，恰好这个人同样也爱着你，这是幸运之事，爱情将两人紧紧锁在了一起，无论春夏秋冬，何时何地，能与爱人相守，一定是上辈子修来的福气。但是人生之路，不会有一个人永远在你左右，终归独处的时间更多，与孤独对话的时间更久。爱情不就是这样吗？山高水长，不断有人陪你跨过一座座高山，穿越一条条河流，但最终流浪的还是自己。你可以站在山谷中，念着一个人，撕心裂肺地喊着那个人的名字，无论他（她）听见与否，喊出来的也是自己的愁苦与叹息。喊出来便好，他（她）听没听见都不是你要的答案。如果想要答案，倒不如试着喊出自己的名字。

避之不谈的羞耻

为何不去谈谈令人不敢启齿的性呢？直到今天，还是会有不少人认为谈论性是一件羞耻的事情，我倒是认为，躲避性的话题，愚昧至极。

性是与生俱来的。我大概四岁开始就已经零零碎碎记得一些这方面的事情了。

有一天，家里来了位阿姨，长得漂亮，身材高挑，进了家门，她就一直坐在沙发上与父母聊天。我呢，就在屋里面疯跑，等她起身准备走出房门，我便跑到她刚刚坐过的地方，把脑袋埋进去，用力地吸着。父母把我拉到一边，尴尬地向阿姨赔不是。这件事是我记得最早的与性有关的事情。再往后的童年里，还有不少脸红的事迹，讲起来也是很有意思。

性的冲动伴随着我们一路成长，起初是本能，是无意识的行动，随着逐渐长大，我识了字，便自然而然地开始寻找文字上的刺激了。

小学四五年级，学唐代诗人杜牧的《山行》，其中有一句“停车坐爱枫林晚，霜叶红于二月花”。听到“坐爱”两个字，我顿时心头一紧，环顾四周，观察着身边的同学们，大部分都有些害臊。没人的时候，我会翻开书本，悄悄地、仔细地盯着这两个字，一看就是很久，久到离谱。过了几天，同桌从家里带来一本书，我忘了是《梅花档案》还是《一双绣花鞋》，只记得他指着书上的一句话给我看，我凑过去，见上面写道：“……你真是个尤物。”同桌是个黑胖子，眯着小眼睛，鼻头冒着汗，他看到我震惊的表情后得意扬扬。小孩子的理解能力不亚于成年人，“尤物”是什么，其实我们早已明白。

只追求文字的刺激还不够，我还可以追求画面的刺激。我迷上了日本动漫《圣少女》《百变小樱魔术卡》。直到我找同学借来一盘磁带，上面印着《新世纪福音战士》的画像，绫波丽穿着紧身衣，沉静地看着我。自从见到她之后，我便不能干别的事情了，脑子里都是她，一想起她的样子，我的血液流速就会加快。有一天，我拿起了笔，抽出一张崭新的A4纸，临摹着她的画像。起初，我画得并不怎么样，但后来我画得越来越像，从绫波丽画到《名侦探柯南》里的毛利兰，再画到《七龙珠》里的布玛……那个时候我的抽屉里都是整整齐齐的动漫美女，他们是压箱底的宝藏，是儿童心里不得碰触的欢愉。但直到此时，我对于性的好奇也只停留在本能的冲动上，甚至连冲动都算不上。

我们随时会迎来青春期的序章，如同在闷热的房间里，凉风不停叩击着窗台，你不知所措，你苦闷，你惊慌失措，可是你不知道，你终将会把这该死的窗户推开，让自由的凉风吹进来，让它浸透你的身体，让它把你折磨个痛快，折腾你个筋疲力尽，顺便把你的房间也刮得乱七八糟，而这扑面而来的暴击却又无比纯朴。

再大一些，我在几所不同的小学里短暂地停留过几年，十一岁左右，对于什么是性自以为已经有了充分的认知，只是还没有实践过。这个时候，我已经开始追女孩子了。我像只饥肠辘辘的小猎豹，在这方面，不能说是举步维艰吧，反正没有经验可谈，但是勇气可嘉。我观察着每一个可爱的女孩儿，大部分还没等到表白我就已经不喜欢她们了，因为接触久了会发现她们总与我想象里的样子不一样。就这样，我寻觅了一阵，忽然发现了一位平时我没有留意过的女孩。她比我们年级的同学都要成熟，五官较为突出，棱角分明，眼睛大又圆，眼神稍显空洞，嘴唇丰盈迷人，青春痘在她的脸上提前破土而出，她叫艾伦。我忘了她之前是在加拿大还是澳大利亚读的小学，反正我们都是后来才转到这个班级里。她发育得早，比同班的女同学都要早，屁股圆润，胸部微微隆起，我总是猜测这两个鼓起的小山丘到底长什么样子。我想，她的父母也应该十分开放吧，经常让她穿着紧身的牛仔裤和高筒的白色丝袜……我很快就向她表白了，她随即嘴角上扬，点头应了我一声。这便是我的“初恋”。

那天以后，每当课间，我们总会找到一个隐秘的角落拥抱、接吻，在楼梯的拐角、计算机教室的最后一排，甚至体育器械储藏室……嘴唇碰在一起，可以闻到青苹果的味道，这是洗衣液在她的衣服上留下的味道，事后，这味道会弥漫在我身体的周围。这种偷摸的事情最容易让爱的起搏器上下摇摆，这容易上瘾，虽然提心吊胆怕被发现，但是真的控制不住。这样的情况大概持续了两个月我们就分手了，分手是因为什么事情我倒是忘了，只记得自己哭了一鼻子。

某一年的某一天，青春期的凉风席卷了我的房间。那一年我推开了窗户，正巧那年的凉风刮得尤为猛烈，因此，青春期在我的印象里总是扮演着魔鬼的角色，来得迅猛。当然，我的青春也有迷茫、惆怅、多愁善感，只怕那股子性的力量过于强大，像一辆巨型铲车，推动着青春在我的后脊梁狠狠地碾过。

我开始四处购买杂志，只为一探美女的裙底，在裙角与大腿交接处的角落里，似乎藏着原始的诱惑。比基尼美女我却没有那样的喜爱，因为过于暴露，少了些幻想。回想起那些年确实买了不少杂志，以至于后来我的队友都来找我借——他们一般是不会还回来的。有一次我去另一间队友的宿舍送东西，看到一个人的床底孤零零地躺着一本杂志，我从床底把它拿起来，很轻松就翻到了有性感女郎的那几页，发现了上面的暗黄污渍，真是煞风景，我立马合上书去卫生间洗干净了手。

很多青春期的男孩子都曾被手淫的问题困扰，我也曾经因为这件事被父亲训斥过。父亲是一位传统的中国北方父亲，当他见到我“恶习”后留下的证据，把我叫到了一旁，怒斥了我，让我深感羞耻，无地自容。至少在当时，我对于手淫本身的利害是无知的。我多么希望有一位像弗洛伊德一样的老师在身旁，因为他说过：“我不得不说，禁欲除了会诱发精神疾病，还有其他恶果。”

少年们躺在床上，熄了灯，平时想说又不敢说的话不断从口中溜了出来。夜晚真迷人，至少不用隐藏世俗的不齿。那天，我听到队友说“一滴精，十滴血”。这可给我吓坏了，我生怕自己提前衰老，变成个颤颤巍巍的小老头。可是又能怎样呢，年轻的身体是很诚实的，哪怕午后的阳光洒在你的小臂上，你一样会感受到荷尔蒙在体内堆积的力量，这由得你吗？这由不得你，这是人类成长的自然现象。

不少男孩子从理论进入实践的阶段时还都未成年。夜晚降临，宿舍里几人又开始讲故事了，不少故事我听得津津有味。其中，有一个队友，暂且叫他超哥吧，和我们说了他第一次的经历。我没想到他的胆子那么大。那个女孩我们都认识，也是运动员，她的样貌我形容不来，但在超哥的眼里那女孩可是美丽俏佳人啊。当时我们其余人都憋不住笑，那女孩儿哪有那么好看啊？不过现在我倒是不那样认为了，可能在漫长的时光里，我的审美趣味也发生了变化，现在想想这个女孩好像确实不算难看，用现在的话说就是“十七八岁的小姑娘，应该没有一个是不好看的”。她大概有一米七，算是苗条，超哥也不知道自己是喜欢她的人还是喜欢她的身体，反正他洋洋得意地说他们已经在体校的小凉亭里接了一个月的吻了。然后有一天周末，超哥约她上街，两人稀里糊涂地就来到了北京南城一间废弃的商铺。商铺没有上锁，可以随意进出，屋内破旧不堪。听超哥说，他们站在黑暗中，闭上眼玩命地接吻，超哥的双手摸来摸去，从上到下，从峰峦到沟壑，接着超哥就脱掉了他们的裤子……超哥一边说，我们脑子里一边呈现出了当时的画面，宿舍里的其余人屏住呼吸，不想错过每一次断句和每一个字。超哥若无其事地说完后，等待我们赞叹，我们几个人呼出一口气，夸他牛逼。最后，他像个老者一样总结了一句话：“这玩意儿挺上瘾的。”后来他一度成了炙手可热的人物，但凡有人追女孩儿都得请教一下他。

超哥说得对，“这玩意儿挺上瘾”。年轻人更容易上瘾。

差不多同一时期，我在自己的身边也发现了不少“禁果”。

那些年，为了去网吧通宵上网，我们可是背了不少成年人的身份证号码。如果手里富裕点就开个包间，包间里两人共处一室。我不爱玩游戏，去网吧通宵基本都是看电影来打发时间，偶尔写写博客，上上校内网。有一次，大概夜里一两点钟，我正在包厢里看电影，进来一位男子，看起来比我大不少，三十岁左右，戴着一副眼镜，油光满面，地中海发型，斯文败类的样子。他操作电脑手法熟练，不一会儿，黄色电影就被他播放了出来。我倒也没特别惊讶，反正那年头在网吧看这个的人挺多的。过了一会儿，他转过头来露出一阵邪笑对我说：“帮帮我，帮我把它弄出来……”我顿时发了火，把他赶了出去并问候了他的全家，主要是以问候他母亲为主。虽然我当时才十六七岁，胆子可不小，更何况我还是练摔跤的，没揍他就算他走运了。要是现在让我回忆为何我发那么大火，最大的可能就是那个猥琐的男人把我当作了服务的对象，在当时的我看来这是极大的侮辱。

不知道为什么，那些年这样的事情我遇到了不少。我并没有认为我的长相有什么与他人不一样的地方，可能还是因为那句话吧——“十七八岁的小伙子，应该没有一个是不好看的吧”。坐地铁，我竟能被衣着鲜艳的男人骚扰；周末出门泡温泉、做汗蒸也遇到过不少这类男人。后来我才明白，原来这个世界上还有这么多形式各异的性冲动。虽然他们在发泄性欲的手段上有些简单甚至粗暴，但我向来只是排斥这种手段，因为我是个直男，无论他们喜欢同性还是喜欢异性，又或是两者都喜欢，我都是接受的，从未有过歧视，甚至我还有不少同性恋的朋友。

大部分男人还是喜欢异性的，渴望与不同的女人发生性关系。男人有着赌徒的心态，总觉得下一个会更好，所以见一个就迷上一个。在都市的繁华地段走一趟，那里美女如云，男人边走边幻想，十几位甚至几十位美女已经在他们脑海中脱去了衣服……只要相处久了，再美丽的女人在男人眼里也会暗淡无光。男人本性如此，这是不争的事实。

男人在成长过程中，对于性对象的选择也在不停地发生变化。少年的时候大部分都喜欢比自己年长的女人；

二十多岁来者不拒；二十岁到三十岁这十年是黄金的十年，性经验值长得快；三十岁往后逐渐开始喜欢年纪偏小的女人，这种偏好会一直伴随男人入土。男人有时候会问自己“最满意的一次到底是哪一次”？男人一定会记得，只不过多数男人最满意那次的女主人公此时一定不在他身边。

当你抱住一个女人，心跳会迅速加快，此时爱的脏器悄悄地抬头，随即裤头一紧……一只狼与一只待宰的羔羊会发生什么样的事情呢？在温柔的喘息声中，两人的身体上下摇摆，伴随着轻声撞击，在水与火的交融中充斥着唯美的原欲。有时候青年的男人就像是一头牲畜，摇摇欲坠后，他们会点个外卖，饭饱后继续餍足私欲。不得不说，这种美妙奇幻的劳作却是人类生存的基石。这样下去你会被累坏的，但是你的身体总会抽出时间来调节。你在小憩后睁开双眼，一道日光从窗角射入，打在熟睡的女人的肩头上，你望着她肌肤的纹理，荷尔蒙再次上头，血液流速加快，随后两人的身体再次浮泛于海天之际……

性在一个人的行为里往往扮演着决策背后的角色，我们有很多的目标都离不开它的引领，男人如此，我想女人也是一样。我们常说，女人是鸡蛋，男人是杧果，这个比喻还真的恰如其分。再者说，一位女人好色也没什么不好的，既然男人把这件事说得做得都仿佛理所应当，女人怎么就不可以掌握性的主导权呢?

对于性，我们总是难以启齿，这和我们长期以来的文化有着密不可分的关联。小时候看电视，如果与家长一起看到接吻的情节，大部分家长都会赶紧换一个频道，有的孩子甚至自己转过头刻意躲避。性是不能压抑的，性也是帮助构建人类精神最美花朵的桥梁。弗洛伊德曾经说过这样一句极端的话:“那些在艺术方面富有天赋的人，往往是高效、性变态和精神病的结合物。”性的美好在于它的繁殖功能，这是它最根本的，也是人类的生命能够不断延续的底色。

痴人说梦

前不久，我做了一个梦，此时此刻，我依然能回忆起梦里的故事。

在时间缓慢流逝的梦境里，夜色朦胧，大雾漫天，城市的高楼开始颤抖。而后，这些高楼开始闪烁我无法识别的颜色。我集中注意力，观察着我的周围。不一会儿我看到了一个女人，她长相不一般，像是我熟悉的人，一位明星，一位女友或者是我的母亲，她眨着一双尘世间最动人的眼睛向我走来，望着我。我尽力将目光集中在她的脸上，可是我总是认不出她的模样，也可以说，她的样貌在不断地变化。正当我要向前走近她时，突然，我的身体感到了一阵轻松，刹那间，我已漂浮于云朵之中……

飞了一会，我发现我的高度在下降，而且降得越来越低。我用尽全力，却事与愿违，距离地面仅两寸高了。此时我几乎控制不住身体的飞行，现在顶多算个滑行，滑行的速度比走路还要慢。能保证脸不着地，就算幸运。好巧不巧，我又来到了那个女人的面前，她仿佛又变了一个人，身穿橘黄色卫衣，是九十年代运动套装上的橘黄色，浓艳又朴素。她好美，美到不可方物，这是跨越了性别的美，我甚至在她的脸上看到了精灵的样貌。我想抓住她，脱去她的衣服，这是一个干了坏事不会被发现的夜晚。空气潮湿，我甚至能吸入填满水珠的雾气。我向前走，我可以满足这个女人心中的孤独与性的饥渴。当我试图亲吻她时，她却变成了我的母亲。我惊慌失措，我绝不允许我与母亲之间有任何轻浮的举动。一阵反胃后，女人又变回了起初的模样，我对着她的脸颊不停地闻来闻去，像一只狗。

她在前面走，我在她身后不远处，此刻已经没有了高楼大厦，我们行走在一条长满杂草的柏油路上，这条路好像在哪里见过。她猛地一转头，就变成了美丽的女鬼。她双手背在身后，手指轻轻一勾，我瞬间到达她的身旁。我喜欢这个女人的调皮，最喜欢看她对着我笑，无论她是人是鬼，只要不丑，只要不是我的母亲，都是合理的。我将手一挥，周围的环境变得明亮了起来，她头顶的左后方挂着一盏太阳，并不刺眼。路人出现了，不过都是些马赛克，像是损坏的魔方。

她突然飞快地跑起来，拉着我的手，要我给她拍照片。在奔跑中，两人的笑声在宇宙的两端徘徊，她身体散发的香味让我醉生梦死。就这样，我一直在给她拍照。她拍照喜欢天马行空，会摆出各种各样的造型。我理解她的意思，随意地给她抓拍，一个回眸即可得到一张传奇之作。她有时候会把脑袋从脖子上拿下来，挽在怀中，我有些害怕，建议她放回去。

一天过去了，星星们悄悄地从空中落了下来，洒在了她的眼睛周围，就这样，她又换了一套星空彩妆。

她说“我们明天一起修照片吧？”

我说：“好啊！”

从故事的开端到现在，我显然知道自己在梦里。我很享受，我所期望的一种“平行世界”竟然在梦里如愿了。

我继续专注地做梦，但是中间部分的故事消失了。

后来，不知为何，我的灵魂进入了我的大脑，大脑帝国新上任的安保队队长给我放话说："你要是再不打扫你自己的大脑，你就会得病！"我听了以后吓了一跳，我在这之前也感觉到自己的行为举止有些不正常。有时候，我会脱光衣服在大街上跑来跑去，却找不到任何遮羞布，有时还会对最亲近的人拳打脚踢……看来，我是有些病了，我准备开始打扫我的大脑。

我买来许多俄罗斯套娃放在我的大脑里。和那位女人告别后，征求了她的同意，把她变为一只萤火虫，小心地放在最小的套娃里，然后一个一个地套上去，放入右脑地下室的保险柜中。最后，我从兜里掏出一张照片，至少我认为，这是我给她拍过的最好的照片，将它贴在保险柜上。就这样，她暂时被封存了起来。

可谁知，就在前几天，她偷偷地从套娃里跑出来了。我不知道是谁给保险柜开的锁。她出来后，东倒西歪地在我的大脑迷宫中穿梭，可能是因为刚刚从萤火虫变回人形，还有些不适应现在的身体。她从大脑的造型师那里借来化妆用品，快速画了几笔，让自己看起来有了一些气色，特别是口红，她知道我最喜欢她嘴上的口红，就顺手拿起了迪奥的哑光999，涂了上去。

她等了很久，不见我来，便独自走向大脑皮质的运动区，试图找到我。但是，那个区域只有几个骑着自行车的反射工人，来来回回地交接班——平日在我运动时，这里挤满了车辆。

“他不在这里啊，他去哪里了？”女人自言自语。

她无聊地在大脑的迷宫中散着步，她毫无心情，她有些失落。二十分钟后，她坐在了大脑皮质的内脏感觉代表区旁边，哭了起来，一边哭，一边捶打那个区域。

在另一个世界里的我将胃里翻涌的啤酒和食物残渣一口气吐了出来。随后，我抱着马桶，双眼迷离，听到了有人哭喊。我努力集中精神，在脑海里看到了女人，我惊呆了。随后，我洗了一把脸，躺在了床上，闭上眼睛，努力进入大脑帝国。

不一会儿，我站在了她的面前。“你怎么自己从套娃里出来了？哎呀，这里环境太糟糕了。”说着，我手一挥，我们便站在了梵·高的星空下。她并没有在意场景的变化，用她那波光涟漪的眼睛注视着我，问道：“你知道吗？等待一个人的出现，是很无助的。平时都是你让我出来，我就会出来，今天我出来后，你都不在……”我实在无法抵御她那楚楚动人的样貌，更何况，她的话中有一些暧昧的怪罪。我受宠若惊，更多的是幸福，好像拥有了整个宇宙一般。“这是你第一次，不在我梦境的控制中与我对话。”我颤抖着说道。女人又说：“以后我们还会经常见面吗？你不要再把我放到小套娃里面了，好吗？”我疯狂地点头，此时眼泪已经浸湿了星空。手一挥，我们来到了大明湖。她和我并肩而坐，月亮羞涩地藏在了云里。

日与月与，三千年后，当我们再次望向湖面，这里已然干枯。我们准备告别，因为天已亮，我知道我要醒来了，现实世界还有很多事情要去做。

“以后经常来看我啊。”她低着头对我说。

“嗯，我会的，只要能看到你，就算与世界为敌，我也情愿。”

我醒来了，但是我不愿意睁开眼睛，因为我知道，睁开眼睛我就回到了现实世界。接下来的几天，我每天都会在现实世界中，抽出时间，抽出灵魂，来到梦境的结尾，重新接上故事。有时我会与她天南地北侃侃而谈：有时我们也会对床夜语，把酒言欢；偶尔，比如昨天，我们会一直盯着对方，一句话也不说，直到我们微笑着再见。我想，我是幸运的，这是人间最轻松惬意的白日梦了。

我在家中敲打这些文字的时候，女人正在身边陪着我。弟弟的书桌被我霸占了，现在上面都摆放着我的书。书桌旁边是一棵圣诞树，我把圣诞树通上电，它一闪一闪，同时，她的眼睛也一闪一闪，她好美……

我把早上泡的凉咖啡一口气灌下去，站了起来，看到了正在敲打着键盘的我。女人缓缓地爬到我的床上，团起身子，渐渐闭上眼睛，似乎马上就要睡着了。

我觉得我要走了，去哪里，我也不知道，但是总感觉我要拿一样东西才能走。我走向衣柜，从一件橘黄色的运动服里找出了一把钥匙。“噢！这是那个保险柜的钥匙。”我瞪大眼睛自言自语地说道。

在一旁敲打键盘的我盯着键盘说道：“你都不记得了吧？前两天过年，大年三十，你喝多了，非要说床上这个女人是你最爱的人，要去见他，然后不知道从哪里找出这把钥匙，然后就跑到厕所吐了……”我听完，起了一身鸡皮疙瘩。

“原来是我把她放出来的啊！”

此时，女人变成了一只白色的小猫，依偎在枕头旁边。

抽出一根毛线

我即将年满三十岁了。这三十年里，我至少有二十五年是和运动员一起度过的。自打我出生，就被父母的队员抱来抱去。等上了小学，父亲去了国家队执教，我就跟着他全国到处跑。没过两年，我也被忽悠着穿上了运动服，成了一个正经八百的运动员。退役前夕，我考上了北京体育大学，身边还是挤满了运动员。回济南工作后，四周打量一番，依旧离不开运动员……我曾和业余体校的运动员挤过一张单人床，也曾和参加奥运会的运动员一起推杯换盏称兄道弟，这里面有玩水的，有玩球的，有格斗的，有举铁的，有钻研难度的，也有见到田径场就呕吐的……在这个圈子里待久了，看待运动员的角度自然和普通大众有所不同。大众可能只是从媒体或者身边的几个朋友那里简单地了解一二，这顶多是几条经线或纬线，而我对运动员的了解来自四面八方，多年以来，这些东西组成了一个巨大的毛线团，卡在我嗓子眼儿里。我早有想法，想试着用这些“线团”给大家织一件毛衣，把真实的运动员介绍清楚。但是吧，这又面临两个问题。其一呢，这些毛线有很多都打着结，不太好织起来。其二呢，如果毛线果真织成了一件毛衣，想必这件毛衣也不好看，也没人敢穿，最后出力不讨好，再落个罪名可就难看了。算了吧，我就从毛线团中抽出比较重要的一个“死扣”，也有可能是“活扣”，跟大家说一说。

我对运动员这个圈子并没有多少好印象，在这里，也别指望我去夸这个圈子，这个圈子从过去到今天被大家夸得太多了。现在有一个问题十分棘手，已经有几十年了，这便是运动员文化学习和思想教育的问题，也就是运动队中的育人问题。这个问题目前有所改善，看起来是个“活扣”。不过，这件事要从头说起。

首先，一个人想进入运动员这个圈子，一定得要某些方面的运动能力较为出众。举个例子：假如一个孩子跑得快，那么可以选择短跑；水性好，可以练游泳；总是上房揭瓦打架调皮，可以练摔跤柔道或拳击等等，简单来说，初步的选材就此成型。当然，这背后还有父母的遗传和孩子本身性格等方面的评估，这里就不一一举例了。这些孩子们的启蒙年纪也不一样，像乒乓球项目在四五岁就可以进行初步的练习了，重竞技的项目要晚一些，可能要十岁左右。这些孩子一旦开始接触这些项目，必定会花去不少时间。时间对我们来说是一样的，在专项运动上花的时间越多，在功课上花的时间就会越少。小学教育在整个人生中是非常重要的，我们不能小看它，因为大多数学习习惯的养成和基础的学习能力都是在此阶段初步形成的。据我了解，与普通小学生相比，大部分的运动员在小学期间并没有形成良好的学习习惯与能力，我有切身的体会。

当年我还在业余体校训练的时候，住在运动员宿舍，早上5:50出早操，7:15下课后我们必须抓紧时间洗脸，准备去上学。文化课学校离我们的体校不远。一通折腾后总算到了教室。第一节课开始没几分钟，教室里已经睡倒了一大片。这就是现实情况。体校的教练也都是退役下来的运动员，他们一般情况下不会引导或者督促这帮小运动员学习，除非文化课老师找上门来。文化课老师哪里见过教练的管教手法，受罪的只是这些孩子。有点良心的教练还能和颜悦色地提醒孩子几句，但是这种教练少得可怜，大部分的教练都是连打带骂。“为什么上课睡觉？为什么不完成作业？”为什么？为什么教练心里不清楚吗？孩子的睡眠应该给予充足的保证，你让他们睡不够，他们可不是得上课的时候睡吗。这时候，肯定有不少教练不服气：“我们就是干这个活的，如果不出早操只有下午才能练了，这时间不够啊，晚上他们还要写作业……这能怎么办？”这能怎么办，我也不知道。

日复一日，孩子们也都慢慢长大了，有的孩子通过几年的基础训练，运动能力得到了较大的提高，有的逐渐发现，可能并不适合从事此项目。在此，就需要面临一个问题了，这些小队员是要走专业的路子，成为一名专业的运动员，还是回到校园继续上学。也就是说，如果继续往下走，上学这件事基本就和你没什么关系了，训练的时间远远大于学习的时间。在这个阶段，通常会刷下去大部分运动员，这帮孩子大部分都在十二至十五岁之间。这是他们第一次选择。与此同时，市队或者省队要“进货”了，选择留下来的运动员即将进入一个更大的“围栏”。

要知道，省、市队运动员的年龄差距很大，小到十岁大到三十多岁。这里面有省市的冠军，也有全国冠军。一般来说，刚进去的小孩和老队员说不上什么话，老队员顶多让小队员去小卖部带回来几瓶水，或者几包烟。能和刚进队的小队员在一起玩的，都是些半大不小的生瓜蛋子，他们进队时间也不长，有的教他们抽烟，有的教他们喝酒，有的传授手淫技巧，反正就是没有学习这一说，你去他们宿舍，连一支笔都找不出来。

拿我自己说，我十三岁到市队，收拾好被褥后的第一件事就是“认大哥”。隔壁宿舍有几个人比我们早进队一两年，听说要来新人了，肯定要先示威。我们几个新队员在屋里正聊着天，只见他们穿着拖鞋光着膀子，晃晃悠悠地走进了我们宿舍。我们自我介绍完毕后，要鞠躬行礼，他们让我们称呼他们为“张哥、李哥、三哥、四哥”之类的。也就是说，叫完哥，以后就要跟他们混了。两天后，隔壁的几个人就开始借用我们宿舍的阳台吸烟。他们把我拉进去，递给我一根白沙牌香烟，叫我试一试。我只是好奇，并不想吸，但是某“哥”的眼神总是带有杀气，我也就不敢拒绝，抽了起来。后来我听说，这个“哥”进了监狱。

说实话，运动员除了训练压根就没正事。如果不阅读或者学习，便像极了一种被圈养的动物。每天三点一线，训练馆、食堂、宿舍来回转悠，需要比赛了，把我们送上“战场”，比得好，公寓门前贴张海报，比不好，直接给你打进老虎洞。在运动队，正常情况下（非正常情况就是冬训和夏训，可能晚上还要训练），运动员最喜欢的时间就是晚上六点到九点半。一天的训练结束后，这是属于运动员的自由时间。合理利用晚上的时间，可以充实我们的大脑。不过，充实大脑的运动员真的是凤毛麟角。这里面就分成了几派，一部分人去医务室治疗伤病，有的是真去治疗，有的是去偷摸谈恋爱，有的是借机嘬口烟，治疗伤病对他们来说只是个由头；一部分人常年躲在屋里玩电脑游戏，看电影；还有一部分人在小卖部门口来回瞎溜达。十多年前，手机还不像现在这样发达，运动员获取信息的渠道较为单一。现如今，手机帮助运动员打开了眼界，我们的运动员看起来比过去似乎懂点儿知识了，但是这些算不得知识，因为现在大众都有手机，你能刷出来的东西，别人也能刷出来，用大拇指的滑动频率来定义学到的知识，还不如回到过去，老老实实地去医务室谈恋爱呢。

其实我进入市队的第三个年头，就开始有意识地自己做点什么了。我也是运动员中比较另类的。我写日记写了一年。这个日记与训练没有任何关系。除此之外我还会经常听广播和CD，偶尔也会阅读武侠小说，观赏周末去报刊亭买的《时尚健康》和《男人装》。

2009年，我第一次来到国家队。当时的国家队临时设在安徽合肥郊区的一所大学里。我们居住的条件不错，是一个套间。正常来说，中午吃完饭后需要午休，我那天正好也不困，就来到客厅翻开《新概念英语1》学了起来。不一会儿，房门突然一响，教练走了进来，看到我在客厅看书，顿时发起火来，把我的书扔到了地上。他什么话都没说，摔门之后便扬长而去，也就从那天起，我对运动队彻底失望了。

接着说关于运动员的事。来到省市专业队之后，必然会去打比赛，一般是全国的青年赛或者成年赛（因为各个项目的叫法不同，此为统称）。有的运动员成绩不错，有的人成绩总是上不来，这部分人也就面临着淘汰。这时也到了即将进入大学的年纪了，这是运动员在役期间进行的最后一次选择。有两个方向，第一，如果运动员的运动成绩突出，比如评上了国家健将，那么，就可以保送进入大学。这样，就可以选择挂靠大学了。挂靠大学平时不用去上课，期末考试期间回学校做做样子，就能给你及格。第二种，就是有个运动员二级证或者一级证，通过单招考试，考进大学。但是，这部分运动员就会有所考虑了，因为成绩并不突出，到底是选择继续练，还是抓住机会好好上学呢？随着运动员及家长对于文化学习态度的转变，现如今不少运动员都选择了第二种。再往后，留下来继续训练的运动员大部分去了国家队。当然，去当配角的是大多数。最终，仅仅一小部分主角才能被大众所熟知。随后的几年，他们就会选择退役，运动生涯就此结束。退役后的工作也是个问题，你看吧，那些成绩好的，往往不愁工作，有的去了高校当老师，有的直接留在了国家队或者省市队当教练，前几年新闻上的“卖金牌”“耍倒立”的现象基本上已经不存在了。

在这里，我们已经把运动员生涯的整条路，从启蒙阶段一直说到了国家队，这一路实属不易。不过，那些被筛下来的运动员去哪里了呢？有的确实也过得不错，早早退役的那些孩子，有的趁着年轻努力地学习，最终也上了不错的学校。有的呢，还有些经济头脑，做一些小生意，生活得也还可以。有的去小学当了体育老师，为人师表，工作稳定。还有一些，在某种意义上被大家指指点点，也就是有人常说的，过得不好。这些“过得不好”的运动员有很多其实都是重竞技项目的运动员，对了，就是住我隔壁的那些“大哥”们。他们有的回到农村留在了父母身边，有的给老板开车，有的在夜场当安保，有的穿梭于各个健身房做健身教练，有的成天在社会上混来混去，你也不知道他们在做什么。这是个问题吗？这还真是个问题，希望这个“扣子”可以解开。

请原谅我，试图在喉咙间的毛线团中抽出一根毛线，确实困难，无意间似乎也扯出了别的毛线，先别管他们，那些问题一两句也说不清楚，下面我再继续抛个砖吧。

在上述所有的问题里，其实最主要的一点，就是运动员或者说整个竞技体育届，缺少人文思想教育。你要说完全没有吧，我也不信，其中有一种，出自“更高、更快、更强”或者是“拿到金牌为国争光”的口号中。在体育界，有个奇怪的现象，个人的思想不叫思想，一位运动员要服从一支运动队，一支运动队要服从当地的体育局，体育局自然要听令于更高的单位，而往往运动员自己单独出现时，竟然不算一个人。大家的最终目的都是想要为国争光。

人文思想教育对运动员来说十分重要，运动项目的启蒙应该与思想启蒙一同进行。很可惜，我们的运动员丢失了一大块。某些运动员十分可怜，十几岁就停课，参与到枯燥的训练中去，他们的思想没有得到积极的发展，没有独立思考的能力，就算有，也被环境打压了下去。在人与人的交流中，往往像个思想上的弱智。

回济南工作了半年，我在反复思考这件事，看到身边的一个个运动员每天都蹉跎日月，为他们惋惜。我考虑了很久，准备将运动员公寓里的一间废弃的教室改为图书室，让孩子们体会思想自由的快乐。不久后，我得到了父亲的资助，一个月后，图书室便建成了。大体的装修完成后，我和同事来到新华书店，挑选了几百本适合他们阅读的书籍。图书室刚建成的时候，确实有不少运动员前来，但十七岁以上的却没有一人来过。饭都做好了，没几个人吃，这令我沮丧。不过我也想通了，如果在这间图书室里，哪怕有一个运动员通过阅读，改变了他们过去陈腐的思想，提高了见识，创造了属于自己的世界，那么我做这件事就有意义。

运动员的人文思想教育，指望他们自己，我看很难，所以，教练员在里面就要有所作为了。在专业队里，运动员与教练员一起生活的时间远远超过了父母，教练员的一举一动时刻影响着运动员。我在想，只是设想，有没有一种可能，教练员在上岗之前，要进行某种培训，比如人文思想类以及非本专业的多种横向学科的知识。这样的话，再教育下一批运动员时，就能够正确地引导了。有朝一日当他们也成了教练员，这种良好的育人环境就可以传承下去了。教练员除了执教以外，应该给队员更多自由的思考空间，在“更高、更快、更强”的基础上，以鼓励的教学手段为主，将运动员们逐渐培育成为个性完满发展的人。我们不能再荒废体育的育人作用了。

我不知道我嘴里这根打了结的毛线捋没捋出来，也不知道哪些人会被惹恼，我不求他们和我的想法保持一致，这是向下拉齐。我觉得我要说实话，人要忠于自己，忠于事实。我不想再让那些运动员们在自己真空的大脑里煎熬一世了。

第一名真的重要吗

运动员得到第一名真的有那么重要吗？我常常问自己。当我选择这样问了，说明答案已经十分明了了。第一名，其实并不重要。

我和我的父母都曾是运动员，从小到大，我身边的大部分人都是教练员和运动员，我听到最多的关键词就是周期、备战、冠军、伤病、退役……当然，还有训练与假期。当身边的环境给了你某些看似理所应当的错觉时，你需要做的就是自我审查和追问。我们经常会听见这样一个声音，比如：运动员就是为了拿冠军。思来想去，这句话其实是很可怕的。从职业上讲，运动员确实是以创造优异成绩为目的的，这点毋庸置疑，但是我们总会忽略这中间的过程。这过程是什么呢？这过程完成得有意义但是没有拿到冠军，算不算圆满呢？

每次看到运动员站在最高领奖台上，作为观众的我们与他们共享了高光时刻。观众终究是观众，当运动员走下领奖台的那一刻，我们或许已经被下一个节目所吸引，但是对于运动员们来说，此时，冠军已经属于过去，他们需要为了下一个目标而努力。周而复始，循环往复，这是绝大多数运动员的常态，你要说这有什么不好吗，这没什么不好。

今天，中国日益强大，体育所承载的使命也在慢慢地改变。史铁生在《我与地坛》中写道："奥林匹斯山上的圣火为何而燃烧？那不是为了一个人把另一个人战败，而是为了有机会向诸神炫耀人类的不屈，命定的局限尽可永在，不屈的挑战却不可须臾或缺。"这应是竞技体育的本质。在竞技体育转型的过渡期，我们应该像"睁眼看世界"那样，用一颗真诚的、反思的心来看待它。

2020年东京奥运会，我国短跑运动员苏炳添在男子100米决赛中取得第六名的成绩，也是首位进入奥运会男子百米决赛的中国人。在先前的半决赛中，苏炳添更是以

9.83秒打破了亚洲纪录。从这一点来看，金牌确实不是最重要的，这其中的内核显然是“突破”与“超越”。突破什么？突破自我。又超越了什么呢？超越了自我的极限。比赛这件事，是要分出胜负判定输赢的，但是比赛的过程才是体育的核心。强强对抗中，是否能咬紧牙关坚持到最后？处于领先时，是否能保持心态稳中取胜？以弱对强时，是否能全神贯注超越自己的最好成绩？如果把比赛过程完全拆开，每一次技术的重复、每一个动作的循环、每一局比分的间隙都是人类自我的对话。小时候，教练常对我说：“累吗？你累的时候，你的对手也累。”话虽然糙，但充分诠释了突破极限的必要性以及面对困难时不屈的精神。

一名不以功利为目的的运动员，如果能领悟到他所从事的项目的魅力，在每天的训练当中超越昨天的自己，哪怕超越的只是单纯的思想或专项意识，这都是弥足珍贵的。他所能感受到的体育的这般魅力，是任何金牌都不能替代的。

1992年巴塞罗那奥运会男子400米半决赛，英国运动员德里克·雷德蒙德站在了起跑线上。赛程过半，雷德蒙德的右腿肌肉撕裂，十分痛苦地倒在了跑道上。随后，他单腿跳着继续前进，试图跳到终点。此时，雷德蒙德在看台上的父亲冲了下来，挣脱了安保的阻拦，搀扶着他的儿子一起走向终点……后来这一幕成为奥运史上最经典的画面之一。德里克·雷德蒙德用最后一场比赛，不仅诠释了奥林匹克精神，还向人类证明了体育的信仰。

如果说苏炳添代表了竞技体育的突破与超越，那么德里克·雷德蒙德则代表了对某种信仰的笃定。这两者都与金牌无关，但他们都激励着我们，激励着我们靠近那团圣火，寻找那些或许已经丢失的信念。

无论是青少年运动员还是老将们，都应该让他们去努力拥抱理想与希望，要提高竞技体育在教育中的育人作用。我们也相信，真正的强大不是夺得多少枚金牌，而是在比赛场上发挥出应有的竞技水平，斗志昂扬并且有良好的体育道德风尚。体育已经告诉我们怎样去塑造完满的人格，也告诉了我们应该怎样去正确地引导正义是什么，应该爱什么，应该保卫什么，什么是勇气，什么是高尚的，什么是卑鄙的。

我想，我们的体育事业发展到今天，金牌，或许重要，但绝对没有那么重要了。愿我们的体育精神化茧成蝶，挥舞着翅膀向着远方，向着自由与光一路高歌，一路骄傲。

冬季的火锅

有时候，一种食物的味道会被赋予某种特别的意义，这种意义自然不是食物本身所具备的，而是在特定的时间与空间上，人本身所处的环境与当时的情绪带来的。

我和我的父亲一样，平日里对食物没什么可挑剔的，有什么就吃什么，给什么也不嫌弃。不过，又有谁不爱美味的食物呢？我爱美食。说到美食，我尤其偏爱火锅。说到火锅，可讲的确实不少。我吃过的火锅种类繁多，但要“论资排辈”，我心中的火锅之王当属老北京的铜锅涮肉。丝滑鲜甜的日式寿喜锅、麻辣鲜香的四川火锅以及化繁为简的潮汕牛肉火锅等，都要给它让位。

少年时来到北京，对北京最深的印象之一就是铜锅涮肉。这么多年，从北漂少年逐渐成长为北漂青年，无论我离开北京，身处何方，总是忘不了那羊肉上热气腾腾的雾气、京味儿大叔吹过的牛皮和父亲眉宇间的哀愁与欢愉。在北京的日子，闲来也少不了火锅小聚，不多的故事，不少的情感，被一顿顿的火锅所占满。回溯对它最初的迷恋，坦诚说来，归根到底便是一个字——饿。

二十年前，父亲常常在北京城内外奔走，工作忙起来常常会忘了时间，也就耽误了饭点儿。有一次与父亲吃火锅，印象颇为深刻，虽然距今天也不少年头了。说来奇怪，那次的火锅与以往的火锅没什么不同，不知道为什么，看似平平无奇的一顿饭，总会在脑海里不停地出现。

那是个冬季。夜幕降临，朔风凛凛，饥肠辘辘的父子正坐在车内寻觅美食。父亲喜爱吃肉，我也一样。老习惯，但凡有“涮羊肉”“火锅”字样，父亲必然会停下车，顺着空气中飘荡的肉香而去。那年头的北京城，铜锅涮肉可是火锅届的大佬。

汽车停下，我们走进了一家传统的老北京铜锅涮肉店，店内香气扑鼻，每一张桌子上方都萦绕着蒸汽。传统美食的菜单不需要花里胡哨，经典的食材一目了然，因此，点餐的速度也就比其他餐馆要快许多。我们入座、点菜一气呵成，内蒙古羔羊肉、上脑、黄瓜条、百叶，以及豆腐与白菜都是必点。北京的很多火锅店都配有专门端锅的师傅，他们通常会在起锅时大声说道："小心，看着点儿您嘞！"

转眼，一口铜锅摆在了桌子的正中，随即，服务生端来本店的特色——麻酱蘸料。许多店把麻酱蘸料作为它们的镇店之宝。北京有无数家火锅店，令人刮目相看的是，绝对没有哪两家店调制的蘸料味道是一样的。讲究的老板认为蘸料是灵魂，是吸引回头客的头牌，讲究的食客也把蘸料当作评判一家火锅店质量的标准。韭花酱、腐乳、辣椒油、葱花、香菜等配料，跟着麻酱蘸料一一上场。

往麻酱中放入葱花、香菜、少许辣椒油和韭花酱调味，微微搅拌，将粘在筷子上的酱料一口吮尽，剥一瓣糖蒜放入嘴中，酸甜口味，浓郁醇厚，蒜香好似被点了某种卤水，让人意犹未尽，这便让味觉冲上了云霄，也算一道开胃小菜。

火锅渐渐冒起了小泡，不久后，众多小泡泡聚集起来，变成了迷你版的"趵突泉"。此时，服务员已经上齐了菜。

那些年我还太小，酒，对我来说是一个未知的领域，不过，汽水与火锅的搭配，在当时则算是一对儿鸳鸯了。搭配什么汽水呢？当然是冰镇的雪碧。后来，随着我年纪大一些，也就学着北京大叔们搭配上白酒。要我说，吃火锅就应该喝白酒，一口羊肉放入口中，嚼上七八下进肚，端起酒杯，酌一口白酒，既不胀肚，又有解腻之功效，着实完美。可惜，自打成年后我试过不少次，但对于白酒浓烈的辛辣之味，实在难以承受。

正宗老北京火锅店的羊肉端上来是不出血水的，这说明肉质新鲜。那天，可能是因为饿过了劲儿，所以，涮羊肉中的“涮”，与这对儿父子是没有关系的。我和父亲将一盘羊肉直接倒入锅中，划拉几下。“趵突泉”短暂的平息后，羊肉的色泽开始逐渐变化，慢慢变成灰色，此时的“趵突泉”又重新有了活力。经验告诉我们，可以大快朵颐了。

我们夹起一坨涮好的羊肉，将它们放入麻将蘸料中均匀搅拌后，立刻放入口中……冬日的麻酱蘸料稍有冰凉，正与滚烫的羊肉巧妙融合，入口绵密浓香，鲜美至极，如此循环，周而复始，即满足了味蕾，也安抚了身处他乡的孤独。

喝口冰雪碧可让胃部迅速胀气，一记嗝声后，胃部之前的气体与之同时排出，胃里重新排列组合，腾挪了不少空间，你的大脑便得到信号：又要往锅中倒入一盘羊肉了。

父亲吃肉的时候经常会烫着舌头或者上牙膛。当时父亲三十多岁，或许他嘴上烫出来的泡是为了掩盖某些情绪，这又有谁知道呢？我当时不知道，我只知道被烫的人一定很饿。我现在不知道吗？我该知道吗？或许我知道，只是不愿意知道。

主食，我们吃到了将近七分饱的时候才点。我与父亲最爱的主食便是芝麻火烧。火烧滚烫，外酥里嫩，和父亲一口咬下，细细品味，慢慢咀嚼……两人同时抬头，看着对方的嘴角挂着芝麻粒，异口同声地说："好吃吧？"说完，我们便笑着，继续享受，他的笑容不知道为什么总会渐渐地转为惆怅。我们一边咀嚼着嘴里的火烧，一边抬起头看着周围的食客。有些人高谈阔论，桌子上摆满了酒瓶；有些同我们一样，埋头吃饭。一桌走了，一桌又来了，去去留留，来来回回，大部分都是些奔走的人。好可怜，人是可怜的，我们也是可怜的，人的最初与最终都将是可怜的。

之前盛到餐盘里的豆腐和白菜已经凉透了，这时候将他们浸泡在麻酱蘸料里，大口吃下，素雅又鲜美，回味无穷。吃到此刻，我们已经胀肚了，但是锅里还会剩一些没有吃完的食物，父亲昂首，目光投向铜锅：“再吃点儿，把锅里剩的捞一捞。”

我已经吃不下了，高强度的进食让我胃部的负荷过大，此时身体的大部分血液已经涌入消化系统，我迟眉顿眼，轻轻地摇着头。

结账，在饭店前台，距离门口很近。结账时，父亲先让我把衣服拉链拉上，帽子扣上。父亲的话是对的，刚走到门前，冷风随即悄悄飘过，轻轻拍打着脚踝，抚摸着我的脸蛋。门口挂着厚厚的“军大衣”样式的防风布，从室内跨到室外，一步便迈入严寒。我们嘴里吐着哈气，那是比路人更浓香、更浓烈的哈气，身心愉悦又拖着疲态。我知道，父亲更加疲惫。我们上了车，父亲启动了引擎，双手搭在方向盘的上方，将半个身子靠了上去。雾霾天，老北京的街道在车灯的直射下显得灰白。

“爸，明天的天气会比今天好吗？”

“但愿吧，我看不一定。嗯，不一定。”父亲一边出神一边说道。

“现在我们去哪儿？”

父亲转过头，望着我：“咱们回家吧。”

……

火锅店的食客依旧络绎不绝，一辆黑色的轿车穿梭在北京城的环路上，父子俩的饥饿得到了满足。当时我脑子里想了些什么早就忘记了，但我肯定与父亲想的不一样。火锅好吃，是那天留给我最后的记忆。

莫欺少年

小时候，我就特别爱听父亲说那些过去的故事，提起最多的故事大多发生在我出生之前。父亲的不少朋友建议他出一本自传，可他认为传记应当留给后人去写。父亲的这些故事没有任何人可以复制。我想，在他的故事里，不仅能展现他青少年时期的生活，更能侧面反映出当时的社会环境。去年冬天，我时常与父亲聊天，好在我也有心去记录。他倚靠在床边，我用手机给他录音，保存了谈话中的部分精彩内容。文中所写的故事父亲从未与家人以外的任何人提起。因为录音中的口语较多，经过父亲的允许，我将录音的内容稍做修饰，尽可能地保留了父亲原有的语气，并依照时间顺序将故事排列整理，在此真诚地奉献给大家。文中提及的故事截止时间是1991年10月1日，之后的某些故事会涉及不少人情世故与世态炎凉，我现在还不能写。假以时日，时机成熟，我会将后面的精彩内容一并呈现。

1968年，父亲出生在山东省烟台市海阳县东村薛家庄，那天是国庆节。父亲的人生之路，就是在这个叫“薛家庄”的小村庄开启的。

以下内容均为父亲的叙述。

上个世纪初，我的爷爷当兵回到家乡后，成为薛家庄第一任村长，当时称为“堡长”。奶奶很早就去世了，我从没见过她。爷爷一共有六个孩子，年纪最大的姑姑和大伯很小就夭折了。旧社会的农村，女人不排辈分，因此我的父亲排行老二，下面还有三个弟弟。三爸与我们家联系较少，四爸和五爸与我们家住得比较近。四爸曾经在济南当过兵，后来转业，到了县邮政局工作。五爸一直在农村生活。他们都十分忠厚老实，有着山东人豪爽正义的性格。

我的姥爷在北京做生意，当时生意做得比较大，涉及的种类繁多，主要经营粮食、布匹、收藏、典当等等。后来，挣到了钱就回到海阳县凉山后村疯狂买地。他有多少亩地呢？一共有1500多亩，后来他成了海阳县最大的地主。姥爷有三位老婆，我的母亲是姥爷与最小的姥姥的孩子，排行老六，也是姥爷最小的一个孩子，出生于1944年8月。1950年后，废除了地主阶级封建剥削的土地所有制，在“打倒地主分田地”的斗争中，姥爷逃离故乡（姥爷家族人缘好，提前得到信儿，深夜骑着马跑了），从此与家人永远地失去了联系。舅舅去了新疆、二姨上吊自杀、三姨留在本村、四姨去了河南参军、五姨去了吉林，我多病的姥姥带着三姨和母亲搬出“大宅院”，住在生产队分给的三间小茅草房里。母亲从小照顾姥姥，没有上过一天学。后来姥姥病故了，母亲就跟三姨相依为命地生活……有时候，我和别人简单提起家族的事情时，总是自嘲地称呼自己是“官二代和富二代”。当然，我哪怕一秒钟也没有感受到爷爷与姥爷给我带来的这些先天优势。而我的父母，更是如此。

当时的社会充斥着变革与动荡，那一张张现实的胶片，只可远观。在灰蓝色的天空下，是无数个辛勤劳作的背影。如果拉近焦距，呈现在眼前的是一张张枯黄干瘪的面庞。

他们那一代人会因为一口稀饭而焦急地瞪大眼珠，这眼珠在没有胶原蛋白的脸蛋儿上显得尤为突兀。在那个新旧世界交替的时代，特别是农村，生存道德永远排在社会道德的前面，能健康地活下去，是老一辈人的现实追求。

我的母亲身材不高，眼睛大而有神，做事雷厉风行，她的性格与她做事的风格高度一致。母亲没有文化，不会写字，也不认字，这是她一生的遗憾。现在都说“让孩子赢在起跑线上”，我的母亲从未见过起跑线。父亲毕业于莱阳技校，学的是建筑设计专业。在当时来说，莱阳技校毕业也算是高学历了。毕业后，父亲去闯关东了。后来，因为家庭困难，爷爷让他回到老家，帮家里分担压力。听说，父亲回家乡的过程中，要路过东北地区的一片森林，在途中迷路了，他独自一人在森林里走了三天三夜才出来。一个年轻的壮劳力，基本等于现在的半个自动化车间。归来后，父亲带领着一群农民，做起了建筑，为我们薛家庄村里和周边的人家盖房子。父亲写得一手好字，逢年过节，就给村里各家各户写对联。

父母的相识与相恋，与大多数长辈一样，都是通过熟人做媒。凉山后村与薛家庄村相隔1500米，父母结婚后，

1988年，威海，摔跤场上的父亲(黑裤子)。

母亲住在薛家庄村由父亲盖的三间草房里。婚后不久，母亲怀孕了，姐姐是我们家的老大，两年后我也出生了，弟弟年纪最小。姐弟三人的童年都没有什么快乐。一日三餐常年都是玉米饼子、红薯干、炖土豆……只有逢年过节才能吃顿饺子。记忆中的母亲很少吃饺子和手擀面，常年吃“老三样”，有时候家中逢年过节改善生活，她也总舍不得吃。我们姐弟三人一年四季就是那几件带补丁的旧衣服，但是很干净。那时候一般是姐姐穿母亲的、弟弟穿哥哥的，哥哥穿父亲的，也有从别人家淘的。我们很小的时候就要帮助家里做农活。我只记得放学回家要先写作业，再就是天天在煤油灯下，一边听母亲讲故事，一边剥花生、掰玉米粒，纺织用玉米叶做成的线绳、编玉米绳（母亲用来编织手提篮，可以卖钱），白天要帮大人去田里除草、浇水、收粮食等。有时候偷懒或者没有完成分配的任务，被打骂是家常便饭。好歹我从小听话，干事比较认真，得到的表扬较多，当时号称“小大人”，受到的打骂比姐姐弟弟少得多。童年，我最渴望的事就是过年，因为只有过年才能穿上母亲亲手缝制的新衣服，才能吃上托关系买的猪头肉、猪下货（猪的内脏），吃上肉馅饺子、白米饭、各种大饽饽等。穿新衣服、放鞭炮、拜早年、吃糖果、收压岁钱、与同伴玩耍，是最最开心的，尤其拜完年在家里数压岁钱、数糖果时最有成就感。记得最多的一年，我收到了两元七角压岁钱、三十一块糖果。过年永远是最幸福、最开心的事，所以，我总盼着过年，希望天天过年。

我们姐弟三人虽说是亲姐弟，但是性格却各有特点。姐姐心地善良，温声细语，从小就知道帮助家里干活。她为了贴补家用，初中毕业就辍学了。她手巧，年纪很小的时候就学习草编，就是用玉米叶子编成提篮，村里统一分类回收，送到海阳县草制品工艺场验收，再出口到国外。姐姐十五岁那年，烟台市有一个扶贫政策——扶贫临沂，要在我们当地选招十名草编工艺老师去传授技艺，姐姐被选中了，去了一个陌生且极其贫穷的地方——临沂市平邑县。姐姐被安排在生产队的简陋草房里，屋外下大雪，屋内下小雪，没有取暖的地方，加上繁重的手工劳作，她的手脚均被冻坏，患上了严重的类风湿关节炎。为了给家里减轻负担，姐姐独自一人扎根在了沂蒙山区，并在那里成了家。

我的弟弟，从小就调皮，经常与小朋友打架。在我印象里，四邻五舍的家长经常带着孩子找上门来。他上房揭瓦、河里抓虾、爬树掏鸟窝、见蛇不放过……到后来，母亲都有了专门管教他的工具了。但是弟弟十分仗义，有不少次体罚都是被冤枉的。

我小时候，自认为做事比较稳当，不喜欢张扬，这可能是遗传了父亲的性格。我平时话不多，每次都在说话前想好才开口。在学习方面，我也是出类拔萃的，学习成绩常年在班级和学校中排名第一。虽然我比较矮，但是我的运动能力甚至比我的学习能力还要突出。在农村，调皮的小男孩和跳蚤一样多，那些小孩儿觉得我不入群，经常三四个人把我堵到村口路边，组团欺负我。所谓的欺负，也就是小男孩们经常玩的摔跤游戏——双手搂住腰、拦住头不停地撕扯。总之，他们从来都没有占到便宜。

小时候，我最喜爱的事情就是生火烧饭，因为生火时可以烤点地瓜、芋头吃，有时候还可以把在田野里抓的蚂蚱、豆虫也烤着吃，所以烧火做饭基本就是我的专利。因为烧烤食物需要经常探头翻找，所以付出的代价是头发、眉毛经常被烧焦，在当时这也算是“职业特征”吧。我还喜欢看大人们开拖拉机，当时十二马力的拖拉机可是个新鲜玩意，我们村仅有一台。它体型高大，声音洪亮，拉粮食运肥料，忙碌在田间地头。我对它充满了好奇心，也时常在后面追着它跑一会儿，有时候趁着驾驶人不注意还要抓着后斗过过瘾，结果都是被大人怒骂之后逃之夭夭，心想：我能坐一次拖拉机该有多好啊！

我平时喜欢独自一人思考。有时候我坐在土坡上，拿着树枝在地上写写画画，心想：要是不用干活就好了，能安静地读书学习该有多好啊！当时干农活，也确实是为了帮父母承担部分家务，不过，没有哪个孩子真心喜欢干农活。

下过春雨后，家中的院子里以及门口的路面上泥泞不堪，为了铺平雨后坑洼不平的道路，父亲会在离家不远的山坡上挖一些红沙土铺在上面。我发现，这些沙土竟然可以挖出一个小洞。因此，我暗下决心自己一定要挖个洞，藏在洞里学习，不用干农活，也没有人打扰我。反常的行动最终被母亲发现，一顿皮肉之苦结束了闭关学习的伟大计划。

村里有个大喇叭，它是我们小时候与外界沟通的唯一

1989年，天津，干事时期的父亲。

桥梁，我最喜欢听刘兰芳播讲的评书《杨家将》和《岳飞传》。我对京剧也颇有兴趣，被那些优美的曲调吸引了，尤其喜欢京胡，它带我走进了一个美轮美奂的世界，那里没有饥饿和农活。每逢喇叭里播放京剧，我都会找一个安静的角落，仔细聆听京胡独有的语言。在那个角落里，全世界只有我和京胡，我经常抱着笤帚手舞足蹈，感觉自己就是演奏家。

几天后，我偷了家里五块钱，胆战心惊地骑上自行车，直奔海阳县百货大楼。因为当时我的身材比较矮小，比大金鹿自行车也就高出一头，于是熟练地采用双腿在大梁中间蹬车的骑行法，很快就骑到了百货大楼，买到了我梦寐以求的京胡。回到家以后，没几个小时，就被母亲发现了，当即揍了我一顿，我曾经抱着的扫帚也被打散。我知道，我的梦又破碎了。第二天，母亲找到了我的表姐，她在百货大楼上班，最终通过熟人的关系把京胡又退了回去。

后来，受父亲的影响，我迷上了写字画画。起初，我会找一块平整的土地，用树枝画房子、树、花、鸟等等，总之看到什么就想画什么。父亲发现了我的兴趣，他格外重视我的书法，每天让我坚持写毛笔字。自小学开始，我的书法总是得到老师们的一致好评，学校里“学习园地”的板书以及刻蜡板印刷学习材料、考试卷子，便成为我的第二专利。

我从小喜欢学习，考试成绩总是名列前茅，又因从不惹是生非，这样的表现使我在村里红极一时，路过之处都是大人们的称赞。我人生第一次转机是凉山后片小学运动会。当时，我代表薛家庄村小学参加60米、800米的比赛，均以绝对优势获得冠军，得到两张大奖状，这也是我们家满墙奖状中最早的体育比赛冠军奖状。我父亲和五爸看到我体育有特长，又特别喜欢跑步，于是经五爸介绍，我被海阳体校录取，成为县级体校学生，师从王兴超教练，练习短跑、跨栏项目。

我的童年虽说贫穷，但总体倒也说得过去，虽然吃不太饱，但精神食粮还算充足。可是，人生就是如此无常，就在我刚刚入选海阳县体校后不久，家里发生了一件大事。

故事要从四十年前老家盖的新房子说起。

父亲在村里是“三好学生”——文化好、身体好、人缘好。因为是建筑专业的，他在村里组建了个施工队，盖三间红瓦房也就二十几天时间。农活不忙时，父亲和工友就在周边村庄找活干，靠手艺挣钱贴补家用。但是，村里的领导十分嫉妒我父亲，不许父亲外出务工，只允许给本村盖房子，必须在村里种地。我们家有三个孩子，按理说村里早就应该批房基给我们家了，但是别人家都顺利批下了房基，住上了新房子，只有我们家五口人，还挤在一个缝缝补补的小房子里。我有个二爷爷，全家人在吉林做生意，父亲想去投奔他，看看能不能有施展的机会。可谁知，父亲刚一走，房基就给我们批了下来，要求我们两周内必须盖完。那个时候没有电话，母亲与四爸、五爸商议盖房子的事宜，最后决定，不等父亲回来，当即盖房。因没有合适的商机，父亲在吉林待了不到一个月回到了村里。他得知这件事情后，十分窝火，但是他忍了下去。

工程进行到了收尾阶段，新房子的屋顶要铺红色的瓦，母亲买了三千片瓦，放在了新房的院子里。晚上，父母设宴，邀请明天干活铺瓦的工友们聚餐。饭后，父亲开心地去新房子看看。谁知，三千片瓦一片不剩，全部被人偷走了！顿时，他急火攻心，身体机能紊乱，感到小腹疼痛难忍，四爸和五爸用小推车把父亲送到了海阳县人民医院。晚上十点钟，父亲在医院里痛苦地哀号——他患的是急性胰腺炎，可是医生却按照胆囊蛔虫的方法治疗。父亲手上输着液，痛苦地撕扯着床单，医生和五爸让父亲坚强一些，“忍一忍就好了”。父亲汗如雨下，脸色苍白，此时，他的肝脏已经破裂……

1982年4月21日这天清晨，与其他清晨一样，太阳依旧准时升起，我在海阳体校里，刚做完晨练回到宿舍。这时候，四爸的电话打到了学校的传达室。不久，一位老师冲进我们宿舍，跑到我面前，瞪大了眼睛，挑高了眉毛，故意地用缓和的语气和我说：“你父亲病危了，赶紧去县人民医院急诊室！”我心里一震，皱起了眉头，大脑的反应甚至有些迟钝。我第一遍没听懂，老师又大声说了第二遍。我不明白病危到底有多危险，但是从老师的表情来看，不容乐观。我慌了手脚，一路跑到了县人民医院。在路上我试图安慰自己：“这不是真的，爸爸身体那么好，不会有事的！应该不会的，他会好起来的！到底是什么病呢？盖房子的时候摔倒了吗？我要快点跑过去……”

随着哭泣声，我走进了病房，父亲睁着眼，已经没有了呼吸。我两腿开始发软，不停地急促呼吸，全身抖动。母亲已经哭晕了过去。四爸说：“涛儿，给你爹洗洗脚，

2002年，北京军区，父亲时任中国女子摔跤队领队兼教练，带领教练组为中国人民解放军仪仗大队赠送锦旗。

换上新袜子，穿上新鞋。”我站在床角，看到父亲的大拇脚趾上挂着牌子，牌子上面写着父亲的名字与去世的时间。给父亲洗好脚后，我给他穿上了新袜子和新鞋，一张白床单裹紧了父亲的全身……

这段时间的记忆对我来说有些模糊，不是我不愿提起，每当我回忆起这件事情都十分痛苦，有很多揪心的画面，我也就选择性地遗忘了。

按照当时的习俗，长辈们商议后，便把父亲的遗体直接送到殡仪馆火化，村里的那台红色拖拉机负责运输。此时，已是中午时分，艳阳高照，拖拉机已停在不远处，阳光照在它光滑的铁皮上十分耀眼。因为我是长子，需要先上车守灵。我手扶栏杆，用脚一蹬，站了上去，我不敢相信，自己竟然和拖拉机这么近距离地接触，我终于坐上了拖拉机。我转过头来，看到斗篷里包裹的父亲，听到家人们的痛哭声，我突然觉得自己长大了。那一天，我只是流下了无数眼泪，没有哭出声音。三爸、四爸、五爸站在我的身边。就这样，四个人站着，一个人躺着。拖拉机“突突突”地抖动了起来，车头前方的燃气桶里冒出一团团灰色的烟，我们一行人没有选择地前行着。我脸上的肉随着拖拉机剧烈地抖动、摇摆。第一次坐拖拉机，我有些害怕，站在上面，双手紧紧地扶着一侧的栏杆，紧紧盯着裹着的父亲，希望能有奇迹……父亲被火化后，我紧紧地抱着骨灰盒，静静地坐在拖拉机上，胸口像是被塞入了一大块酸辣的东西，是什么，我也不知道，一直堵在那里，时不时地刺激着我，使我哭泣，也让我疼痛。这是我人生第一次坐拖拉机，也是最后一次！

按照农村习俗，当天晚上要守灵，长辈们要扎一匹马。这个“马”其实是用白纸做的，它能带我父亲一路顺利到达西天。我抬起头，看着大人们哭花的脸庞，心里想：“一定要给爸爸扎一匹好马……”夜晚的星空逐渐模糊了，我看到了父亲和我掰手腕的样子，听到了他与我玩游戏时的笑声。这一切都随着骨灰盒旁边的烛光渐渐消失。他的音容，也锁在了我内心的最深处。

深夜，姐姐和弟弟蜷缩在我旁边，母亲的眼泪已哭干，但为了我们姐弟三人，母亲选择了坚强。盯着父亲的骨灰盒，我觉得自己应该有担当，并对自己许下承诺：今后，我一定要成为家里的顶梁柱，争取早日走出农村，走出海阳，让家人过上好日子……

过了七天，姐姐就去临沂扶贫了，我回到了县体校。

我一米六〇的身高，选择短跑跨栏，常常遭人取笑。我有着极强的自尊心，父亲的去世以及身高带来的“先天不足”让我产生了严重的自卑心理。我了解，这些因素不会因为我的主观意识而发生改变，我只能接受它，但是我从来不认输，我知道自己要不断努力，一刻也不能停下。

父亲去世前，考试得到第一名就像囊中取物，如果偶尔失手，当天晚上绝对是一个不眠之夜，我会拿着手电筒，蒙上被子，把自己藏在被窝里，把整本书都背完，就连标点符号在哪里都要记得。有时候在被子里憋得满头大汗，就关掉手电筒，偷偷地掀开被子，慢慢地探出脑袋休息一会儿，再继续钻进被窝与书本对话。可是父亲去世后，有段时间，我的学习成绩下降了很多。

有一次物理课期中考试，我只考了86分，我非常失望，这种失望是对自己的不满意，并无对抗老师之意。课后，我一气之下把卷子揉成一团，塞进了书桌里。恰好被一名同学看见了，他告诉了物理老师。老师把我叫到了办公室，对我蹂躏卷子的行为进行了毫无人道的人身攻击。她说：“修振涛你父亲死得早，你就是少教……”她还说

2002年，韩国釜山亚运会，父亲与许海峰先生合影。

了一些十分伤我自尊心的话。

此话一出，我再也控制不住自己的眼泪，号啕大哭，我第一次把自己给哭晕了。醒来后，我平躺在老师办公室的桌子上，其他老师给我端来了热水，我余光扫到了那位物理老师，接着又引起了一阵生理和心理上的恶心，我捂着肚子跑回了家，再也不想看见她。此后，我做事变得更加小心翼翼，因为一个不小心的冲动，可能就会遇到各种各样的麻烦事，还有像魔鬼一样的麻烦人。

虽然我只在县体校生活了短短两年，但在这两年中，我没有花过家里的一分钱。在体校，我每个月都有九块钱的奖学金和九块钱的助学金补贴，加起来一共十八块。每个学期，我都会被评选为学校和海阳县的“三好学生”以及“新长征突击手”，连续多年获得烟台市“三好学生”。这些荣誉，给我了很多安全感。在体校，我们这个项目有不少人加入又离开，来来往往，最后只剩以于子云为首的五个女孩和我一个男孩。到后来，我才意识到，我后期一直在给她们当陪练，因为我是短跑运动员，大多数时候，教练都让我带着那些女孩一起练长跑。看来王教练还是非常与时俱进的，在八十年代初，就开始在教学中使用男陪练带女运动员的训练方法了。当然，教练和我们关系非常好，就像家长一样关心与爱护我们。我和那些比我小一两岁的同学也相处得十分融洽，直到现在，我们还会定期相聚。于子云比我早半年被选调到山东省中长跑队，在全国比赛中摘金夺银，成绩突出。后来在山东省高校担任处级领导多年；辛军、姜汉现如今也是全省著名的企业家。当初很多同学都高就了，如今同学聚会时，常会聊到彼此的年少时光，一转眼一抬头，看到眼角的皱纹不解风情地笑开了花。

1986年春，山东省体委在山东省体育运动技术学院成立了山东省古典式摔跤队，从河北省保定市聘请了一位著名的教练员——张国庆。他从“遥远”的省城济南来到我们海阳县，对海阳县体校的运动员们进行体能测试和身体健康的检验，优秀的运动员将被选入山东省摔跤队集训，通过三个月的集训，最后再选拔六人，转为山东省第一批正式的专业摔跤运动员。

那天，王兴超教练下课前和我们说：“接到省里通知，明天有一位张教练来咱们海阳体校选材，要选摔跤运动员，组建山东省队，入选后可以到济南训练，并且可以代表山东省参加全国的比赛，你们要好好努力，好好珍惜这次机会！”我当时并不了解什么是摔跤，对这个项目一无所知。王教练接着说：“大家一定要把握机会，要是入选了省专业队，不仅可以发给你们工资，伙食待遇还很高，还能解决城市户口问题，那时候可就是济南户口了。”我听到去省队有这么多的优厚待遇，就激动地攥起了拳头，暗下决心，决不放过这次机会。

张国庆教练如约站在了我们面前，他身高一米八〇，体重至少有一百二十公斤，圆圆的大肚皮被红色梅花牌跨栏背心裹得颇有特色。我从未见过这么高大的专业教练，马上对这位教练敬畏三分。当天，他就对我们全校的运动员进行了统筹调度，对教练员们推荐的符合条件的运动员进行了“魔鬼式”测试，绝大多数人都被淘汰了。最后，又对仅剩的几名运动员再进行“魔鬼式+”的训练。随后的几天，我经历了地狱般的训练。我们聚集在十几平方米的小仓库里，水泥地上铺满了草垫。张教练向我们传授了国际式摔跤的基本功，如后手撑桥、鱼跃前滚翻以及空翻等等。我顶着酷暑，凭着内心的执念和意志，耗走了一个又一个人。当时，我的后背起了很多疖子，已经化脓，不停地渗出液体，草垫上、身上流下了血腥的汗水和血水，整个仓库都充斥着酸臭味。整个选拔过程中，也有不少文化课老师前来观看。按照张教练的要求，我做起了“折腰起桥”，不仅如此，我身上还要再站一个人，此时的世界是颠倒的，我看到有几位老师站在门外，偷偷拭泪。

我不知道我在张教练的眼中是什么样子，也不知道他会不会选我进省队。选材结束后，张教练回到了济南，我们等待消息。

这段时间的等待让我备受煎熬，老师同学们说什么的都有，我总觉得自己应该可以，但是又不自信。大概过去了三周时间，王教练跑到我面前，我能看出他此时异常激动，颤抖地跟我说：“这两天赶紧收拾收拾，去省体工大队（山东省体育运动技术学院）报道！”我一脸茫然，心想：体工大队？我只听说过生产队、铁道游击队、敌后武工队，体工大队是干什么的？王教练看出了我的疑惑，接着说：“你啊，入选省摔跤队了，咱们全海阳县就选了你一个人！你现在是省摔跤队集训运动员了，先去济南集训三个月，如果集训合格，再试训一年，如果都符合要求，你将成为山东省正式的摔跤专业运动员了。赶紧回家，收拾

2007年6月，在北京市文联、北京市民政局的支持下，父亲作为主发起人之一成立了“北京国画艺术家协会”，并担任第一、二、三届理事会常务副主席，第四届理事会常务副主席兼秘书长。

行李，和你母亲说明情况，明天去济南报道！”面对这突如其来的惊喜我不知所措，丢了魂似的原地打转跺脚……

到了家，正巧有一位文化课老师也在我们家，我没来得及多想，一口气把这个好消息告诉了母亲。但是母亲并没有接我这茬，继续与老师聊天。这位老师就是在我选材训练时偷偷掉眼泪的那位。老师对我母亲说：“别让振涛去练什么摔跤，容易伤残，我看了他们的训练，太苦了！这个项目太危险了！振涛这个孩子学习那么好，考个名牌大学绝对没有问题，保证有个好的工作。您好好劝劝这孩子。”自从父亲去世后，母亲更加爱子如命，自然不放心我去济南练摔跤。母亲流下了眼泪，让我放弃这次机会，留在海阳训练学习。

但我早已下定了决心，对于伤病我倒是不怕，通过前段日子的“魔鬼训练”，我对摔跤运动已经有了初步的认知，认为只要保护好自己，是不会受伤的。老师走后，我与母亲沟通了多次，最终，为了撑起这个家庭，为了未来，她同意了我去济南。

我幸福极了，对美好的未来充满期待。第二天中午，我接过母亲给我的五十块钱和五十斤粮票，回到了海阳县体校。体校离我们家只有五公里的路，我都是步行往返。到了体校，我把衣物都收拾好，从床下拿出珍藏的帆布包——这是父亲闯关东用过的包，后来他留给了我。我把所有的物品都小心地放入包里，换了一身干净的衣服，准备去东村镇买车票。这时候，王教练悄悄地走到了我身边，说道："走，振涛，我送你去东村站。"我快速扫了一眼教练的眼神，看到的是一位长辈对晚辈的不舍和担忧，那一瞬间的眼神，对我而言，似曾相识。他陪我买到了从东村站到徐家店火车站的末班汽车票（下午五点半），当时去济南，只有徐家店车站一趟火车，因此，要先坐汽车到徐家店。临行前，王教练对我一再嘱咐，生怕我在济南的训练和生活中出什么问题。他给了我一张手写的山东省体育运动技术学院的具体地址。他还想再继续说点什么，想了想说道："哎，算了，你自己在那里一定要照顾好自己，注意别受伤。行了，我不多说了，走吧！"就这样，王教练目送我上了通往徐家店的汽车，我坐在窗边，和教练挥手告别。汽车发动了，向右一转弯，教练的身影便消失在了我的视线中。

我坐在公共汽车里，把头探出窗外，大口呼吸着清新

父亲的绘画作品《丰冠图》经数字化处理后存入航天主题艺术芯片。2013年6月1日，芯片在酒泉卫星发射中心装入神舟十号返回舱。6月11日，神舟十号飞船由长征二号F运载火箭发射升空。6月26日，神舟十号飞船返回舱在内蒙古自治区中部顺利着陆。6月28日，航天主题艺术芯片在中国空间技术研究院从返回舱内取出。10月28日，航天主题艺术芯片搭载作品正式公开发布。

的空气，嘴角向上，不自觉地笑了一路。不一会儿，公共汽车路过了海阳县人民医院，我望着一片片树叶间同样被霞光映出的笑脸，一股暖流融入心间，鼻子一酸，哭了出来。这眼泪是幸福的。我记得那一年的夏天很长，微风吹啊吹，带着美好的期待从我的头顶吹向天空。其实，我也一直想出去转转，想看看外面的世界。从小到大，我从来没有走出过海阳县。

经过近两个小时的车程，我终于到达了徐家店火车站。火车站候车室总共只有三间小瓦房，火车经停此站，只停三分钟。我来到售票处，把帆布包夹在两腿中间，仔细掏出七块钱，买了一张晚上十一点半的无座票。

我在检票口旁边找到个座位，一屁股坐下，全身瘫软。可能是因为第一次出门，精神高度紧张。此时已经是晚上八点，离开车时间还有三个半小时，我忽然发现，上一顿饭还是中午在食堂吃的窝窝头。饥肠辘辘的我把帆布包抱了起来，至少，它还能给我一点温暖和安慰。

观察来往的人群，也是一种意念转移法。几个小时里，我看到了各色各样的人，有的像我一样，虚弱地粘在椅子上，有的一直站着，活力十足，趾高气扬，他们的对话中，都是对未来的期待和对亲朋好友的嘱托。海阳是个好地方，好像每个人出去后，都抱着义无反顾的心情。

广播响了，“前往济南的旅客……”我一听到“济南”两字，“嗖”地站了起来，终于可以检票了，我第一个走到了检票口。我从包里翻出车票，攥在手里，一遍遍地看着车票上写的站台和车次。一行人走进站台，绿皮火车已经到了，我被挤上了火车。

进入车厢后我有些惊讶，可以说是人山人海。我被挤在了人群中间，大家买的都是站票，所以没有座位。

我被夹在人群里双手抱着包大口喘气，心想：火车为什么还不开呢？在我的印象里，火车与拖拉机都一样，会有声音，都应该是“突突突突”的。不知不觉间，我夹在几个人的肚子和行李中间，睡着了。

也不知过了多久，我迷迷糊糊地睁开了眼睛，此时车厢里的人少了一些。我来到车厢的一侧，手扶座椅看着窗外，此时天空已泛起了鱼肚白。一棵棵站得笔直的大树，有节奏地向后倒去，一个个村庄尽收眼底。

“原来火车开动不会发出声响啊！”我心里感叹着，觉得火车十分高端，它在我心中的地位瞬间提升了一个档次。

2011年，土耳其世界杯，父亲与教练组及运动员合影。父亲自2002年至2012年先后担任中国女子摔跤队领队、主教练、教练组组长、党支部书记等职务。父亲从事运动训练及管理工作近40年，历经县、地市、省体校（省二队）、省专业队（省一队）、国家五级工作实践。与教练员团队带领中国女子摔跤队获得世界杯五连冠，培养亚洲冠军、世界冠军、奥运会冠军近百人次；自己培养的山东籍运动员获得亚洲锦标赛冠军10人次，世界冠军4人次，世界锦标赛、世界杯、世界大学生运动会前三名6人次；第十一届全运会冠军1人次；全国冠军多次，多次被上级组织评为“训练管理育人标兵”“先进工作者”“优秀共产党员”等；多次被国家体育总局授予“特殊贡献奖”等荣誉称号；2009年被山东省政府授予一等功；现享受山东省特殊人才“惠才”待遇。

清晨，我随着人流又被挤出了济南火车站。从来没有见过的特色建筑让我一下子进入了另一个世界。“济南站”三个大字格外醒目，高高的圆柱建筑顶端佩戴大气的“官帽”，四座大时钟在“官帽”下显得格外华丽。“当、当……”七次悦耳的钟声送走了我旅途的疲劳，让我瞬间精神起来。此时，王教练写的纸条已经被我手中的汗水浸湿，我不停地辨认着“到了济南站后，坐18路公共汽车，到省杂技团下车，再向前走100米路北面就到山东省体育运动技术学院”。我生怕路线出现错误，坐错车，坐过了站。

“济南火车站”是18路公共汽车的始发站。刚一上车，我就直奔售票员：“师傅您好！我要到省杂技团下车，还有几站？”女售票员没看我：“早着呢，快往里走走！”我乖乖地向车中间走去，刚挪了两步心想：不行，再往里走，一会儿就没有人问路了，我不能离她太远。于是就又回到了刚才的位置，紧紧地盯着售票员。

每到一站，我就问她一句：“到了吗？”“到省杂技团了吗？”“还有多久可以到？”售票员明显有些不耐烦了：“到了山师下一站就是，听广播！”漫长的等待后，终于听到了广播里说："前方到站，省杂技团……"我迅速走到后门，手扶着座椅把手，等待下车。

下了车，我站在马路上，拿起纸条，再次看着上面的字。

不一会儿，我就找到了单位的大门口。这个大门十分气派，比海阳县体校的大门壮观多了。我紧紧地盯着"山东省体育运动技术学院"的牌匾，迫切地想去触摸这里的一切。我在门口杵了许久，不敢轻易踏入大门内，又问了多位过路人，确定这是目的地后，方才进入。整个大院鸟语花香，树木众多，有我从未见过的田径场、训练馆，还有石凳、凉亭……

这里便是我以后生活和训练的地方，我在这个大院中度过了短暂的青春时光。

1986年5月至1991年10月，我先后在山东省体育运动技术学院摔跤队担任过运动员、助理教练、干事。在这五年多的时间里，我所承受的训练负荷以及心理负荷基本达到了我的极限。每当回忆这几年的事情时，我甚至一度还能感到生理上的不适。肩膀脱臼、肋骨炎症、运动性血尿以及长期控制体重，这些都还能勉强忍受。最痛苦的是，上世纪八十年代的中国体育，是以过度训练贯穿整个训练周期，不讲究科学训练，没有科学的训练、竞赛体系。到了后期，我开始整理自己多年的日记和笔记，把实践与理论相结合，初步形成了一套科学的、适合摔跤项目的运动训练方法。可惜的是，在“三从一大”的口号下，每一位教练员都坚持“从严、从难、从实战出发，大运动量训练”。这也是中国竞技体育发展中必不可缺少的一个重要环节和过渡阶段，而我们初到省队的运动员，也就成了最初的牺牲品。直到后来，自己当了教练员，我的训练计划终于有了实践的机会，看到一个又一个市、省、全国乃至国际大赛的冠军诞生时，我十分欣慰。

这几年所经历的一切，看似老天对我十分不公，但我从未有过任何畏惧，幸运的是，我有一颗真诚的心，面对所有的一切。

进入山东省队，是我梦寐以求的事情，但我对摔跤运动的理解与认知还不够。我一度认为摔跤就是两个人打架，更别说区分什么是民族传统摔跤运动和国际式摔跤运动了。当然，到了省队我很快就明白了，我是一名古典式摔跤运动员，属于国际式摔跤。

后来我才知道，山东省组建摔跤专业队，一共在全省各地区测试了一千多名运动员，最后只选调了三十人进入省队集训。来省队报到时，我看到的都是一个个身材高大的运动员，唯独我的身材矮小。山东省地处华东地区，在全国重竞技运动项目的比赛中，大级别运动员成绩尤为突出，并有一定的集团优势，而中小级别运动员多集中在南方省市。我后来才得知，被选入省队，是因为当时在县体校的吃苦精神打动了张国庆教练，破格选调我来省队集训。

要成为省专业队运动员，一般要先进行五年左右的业余体校专项基础训练，再通过逐层选拔集训，才能到达省级运动员水平。我十六岁来省队前，只经历过三年的田径业余训练，这就像是让一个骑自行车的人突然去开汽车，自然不会成功。不仅是我，当时选招的所有摔跤运动员都是如此。

初到济南，还没来得及欣赏大城市的繁华，就已经开始了“魔鬼训练”。我的教练常常给我们安排一些极大的训练负荷，我们每天训练十个小时，从日出练到日落，疲劳到极致，已然超出了身体可以承受的极限，就连做梦也

2013年11月，父亲担任山东省小球运动管理中心主任。2017年7月，山东省小球运动联合会成立，父亲担任联合会党支部书记、主席。这是全国第一个由省级体育事业单位改制成立的社会团体。山东省小球运动联合会现包括网球、高尔夫球、棒球、垒球、曲棍球、保龄球、板球、台球、毽球、柔力球、地掷球、藤球、壁球、高智尔球、马球、木球、荷球、健步球等18个运动项目。

是训练，经常会幻听教练叫我们起床，结果坐起来后，才知道可能是一个梦。就连大家最喜欢的事情——吃饭，我都不能好好享受。

大块头们因为需要增加体重，可以尽情地享受美食。好心的队友夹了一只鸡腿放进我盘子里："快吃点吧，不吃没劲训练啊！"我了解他们的好意，但是我真的不敢吃，害怕体重超标，被教练罚跑步。所以，我每次去食堂，只能拿一小块馒头，再悄悄地溜出来。我比赛的体重是48公斤级，教练要求我平时的体重必须保持在52公斤以内，可是我平时的体重是58公斤，比赛时我要降下10公斤的体重。我在省队没有吃过一顿饱饭，偶尔哪顿饭吃多了，想到教练要称体重，就赶紧到没人的地方再抠吐出来……长期的高强度、大运动量训练，长期的控制饮食，长期的营养不良，长期的身体不适让我身心疲惫。但是，想到家中的母亲，想到要留在省队，我必须坚持。

有一天，我和平时一样，出完早操回到宿舍，在盥洗间洗了一把脸，忽然觉得想要小便，就关掉水龙头，拖着疲劳的身体站在了小便池边。后来发生的一切让我恐惧——一条鲜红的抛物线落在了池子里。我惊讶到恐惧，双腿颤抖。虽说在整个排尿的过程中没有任何不适，但是这已经明明白白地说明，我的身体出了问题。后来经过学习我才知道，这是运动性血尿，是因为长期大负荷训练，使肾脏血流量减少，肾小球缺血、缺氧而通透性增加。

我把这件事告诉了教练，他让我抓紧治疗，并建议我回家，说我不适应这个运动项目。我听了之后几乎崩溃，难道我入选省队的道路就到此为止了吗？我一定要坚持！经过医生的治疗和短暂的调整，我的血尿症状有所缓解，我又不停地在教练面前示好。不久，我再次投入训练。后来，我的运动性血尿经常出现，一旦运动强度持续加大，就会出现此症状，在所有运动员中，我的症状最为明显。原来，训练也可以把人练到“痴呆状态”。我们偶尔会有一个上午或者下午的休息时间，我因为浑身肌肉酸疼，难以入睡，就走到单位门口，坐在马路牙子上数汽车，这样奇怪的行为，也成了我当时唯一的业余活动。

大部分的试训运动员都不能坚持完成训练，因为好多训练实际上是在“玩命折腾”。比如做专项“桥摆动”练习，要向后折腰，后脑勺与脚后跟支撑成“桥”，并前后摆动。这个动作主要是练习颈部力量，作为初学者应该

2017年，父亲当选亚洲板球联合会副主席并受到斯里兰卡总理迈特里帕拉·西里塞纳（Maithripala Sirisena）的接见（第一排右三）。

循序渐进，我们却是负重练习，身上要坐人、站人，最多站三个人。由于缺乏科学训练，导致我的颈椎至今还有劳损、增生。以小打大的实战练习（车轮战）是导致我伤病的主要训练科目，我要不停地忍受双耳严重损伤（摔跤耳）、鼻骨骨折、肩关节脱臼、肋骨骨折、内侧韧带断裂、半月板损伤、滑膜炎、膝关节积液、胃炎等多种伤病所带来的疼痛，可谓度日如年。我们当时选调的试训运动员，都是经过严格筛选的精英，可到了后期，同伴逐渐减少，他们要么受伤，要么转行，要么直接就给练跑了。最终，只剩下包括我在内的六名运动员，从此我成了山东省摔跤队的第一批正式专业摔跤运动员。

1986年春天至1988年初夏，两年多时间里，我们山东省摔跤队的六名运动员，转训于北京市四块玉训练基地、北京火车头体协以及天津付村训练基地三个地方。为什么我们要去别的地市转战训练呢？其实是我们当初的水平太低了。举个例子，北京市摔跤队的运动员在九岁左右已经开始训练了，山东刚刚增设这个项目，组建省队，我们当时的平均年龄已经十五岁了，基础较差，所以要到优秀的运动队学习，跟他们一起训练，来提高我们的水平。

国际式摔跤是一个对运动员要求极高的运动项目，不仅对速度、力量、耐力、柔韧性、灵敏性等身体素质有一定的要求，也是对体力、体能、技术、技能、心理和战术等多项素质的综合考验。这些运动能力必须在儿童少年时期得到有效的发展，才能顺利衔接成年时期的最佳竞技阶段，并创造更多的优秀的运动成绩、延长运动寿命。

初到北京四块玉摔跤训练基地，我有些期待，又有些紧张，因为国家队也在该基地集训。我第一次看到了专业的摔跤垫子，看到运动员们汗流浃背地抢夺、插捧、搂抱、摔打、摸爬……这完全超出了我的认知。我们几个人和人家相比，根本就不算是会摔跤。只要训练，我们就是活靶子，这边摔过去，那边扔回来，浑身的力量用不出来，也经常被比我们小几岁的少年组弟弟们摔得鼻青脸肿。我心里想：为什么我摔不过人家，为什么有力量却用不上呢？后来我逐渐意识到了专项基础训练的重要性。不得不说，北京队在少年儿童选材和基础训练方面，在当时的条件下已经走在了很多省市的前面。

在北京四块玉基地转训的日子，对我来说全都是痛苦的回忆。“你见过凌晨四点的洛杉矶吗？”我没有见过四点的洛杉矶，但是在上个世纪八十年代，我见过凌晨四点的北京。因为刚接触摔跤运动时间不长，与北京队和国家队的队员实力相差悬殊，我不得不给自己加练。

每天早上四点，我会准时起床，穿好昨夜早已准备好的衣服，悄悄地从上铺爬下来。站稳后，还要看一圈，害怕有人听到。随后，我假装上厕所，去田径场加练。北京的冬天比济南冷一些，而且三十多年前的冬天格外寒冷。白日喧闹田径场此时格外安静，安静得连我的呼吸都能听到。一个多小时的基本功训练后，我再小心地溜回宿舍，控制住急促的呼吸，上床躺下。几分钟后，教练吹响早操的哨声，我再与大家一同起床，投身高强度、大运动量的训练，这样的日子持续了很久。

当别人的活靶子是一件让人气馁的事情，但是在这过程中也发生过两次趣事。第一次是我与国家队的全国冠军运动员进行实战对抗练习，古典式摔跤只许用手臂、躯干、头颈进攻，不许用腿，不许抱握下肢。那天，在对抗中，我无意识地做了一个基本功（手别）动作，但是这个动作犯规了，我用手臂绊了他的腿，就听见“啪”的一声，他腾空后重重地摔在了垫子上，站起来气愤地跟我说："你犯规了知不知道？""知道知道，我不小心做的动作……"顿时，我心里乐开了花。面对全国冠军，虽然我犯规了，但他摔在了地上，我心里别提多开心了。"我能把他摔倒，说明我自己也是有实力的。"我不断地给自己打着气。这件事让我开心了好几天。

第二件事也很有意思。在摔跤运动中，有一种地面对抗，我们称为"跪撑"。"跪撑"的基本原理就是利用现有技术，将身体下方的对手的躯干部位翻转到一定角度，而后得分。因为我是从田径项目转到摔跤项目的，左右翻滚的力量比较小。那天，在我身下防守的，正是过去常拿我当靶子练的人。"跪撑"对抗练习时，我抱住他，准备左右变向翻滚。可是不管我怎样翻滚，他就像膏药一样黏在垫子上。我灵机一动，抱住他的腰，使出跑百米的爆发力把他提了起来，再快速用力向前搓他。他大声叫了起来——应该没有人这样摔跤。一时间，他不知道怎样去防守了。"噗噗噗"，他的脸与摔跤垫子剧烈摩擦，一层薄薄的皮肤被蹭了下来。我窃喜，谁叫他每天都拿我当靶子摔过来丢过去的。

这两件事让我记忆犹新，可能是内心的委屈得到发泄

2018年，父亲当选世界华人板球协会主席。

的原因吧。不过，我大多数的时候是极其痛苦的，两侧肋骨被多次抱摔骨折，不能翻身、不敢咳嗽，就连起床都困难。在这种情况下依然要坚持训练——肋骨有伤练腿，腿有伤练胳膊，专项练不了练体能，体能练不了练力量，总之没有休息的时候。有的运动员明知我的肋骨有伤，偏偏故意用力搂抱，剧烈的疼痛会让我下意识地保护身体，摔跤的防守技术自然就被抛诸脑后。在剧烈的对抗中，我处于劣势，各种高难动作令对手十分得意，而我一次次被狠狠地摔在垫子上，整个人都要被摔散架了，觉得自己就像个人皮布偶，十分无助。

也就是在这里，我的摔跤耳形成了。摔跤耳也叫“菜花耳”，一般在小级别的训练和比赛中产生较多，是由于挟颈动作的挤压和碰撞造成的耳郭红肿、充血，最终导致的耳郭软骨化，耳郭变形。在耳朵损伤之初，里面会有很多积液。近身格斗项目的训练格外残酷，双方在对抗比赛中都不想输，都在剧烈的对抗中找对方的短板，乘机运用技战术获取胜利，有伤的位置自然成为对手攻击我的主要目标，我的耳朵在对抗中经常遭到“特殊关爱”，疼痛难忍。

我每天坚持写训练日记，不仅是记录训练效果以及当天身体反应程度，还要分析高水平运动员的优缺点，逐步尝试自己制定训练计划。因为在当时，调整放松的训练项目很少，基本都是大负荷的训练，身体根本得不到充分的恢复。我将在济南的训练日记与北京的训练日记对比，发现过度训练是个共同的问题。我知道，训练后的恢复对于运动员来说非常重要。

1986年的冬天，我们转训到北京火车头体协，这里也是优秀摔跤运动员的集结地。我们六个人被安排在车库旁边的保安室休息，这里便是我们的宿舍。在这里，我们训练了一整个冬天，我也第一次感受到了集体过春节的氛围。我们重复着在北京四块玉基地训练时的一天又一天，除了生活训练环境、教练员和运动员有所不同，“魔鬼式”训练依然如故。伤病的困扰，长期降体重……煎熬依旧。

1987年春天，我们又去了天津付村训练基地。在这里训练了几个月之后，我发现自己已经有了很大提高，在同级别的运动员里，我的实战水平名列前茅。我还经常找级别比我大的运动员实战，也能不落下风。由于在队内各方面表现突出，张教练安排我担任队长，协助教练处理入伙、退伙、买车票、记账等日常事务。那个时候我们都年轻，不成熟，再加上与外界没有接触，所以教练不在的时候也会发生一些有趣的故事。

一个周日上午，教练回家探亲，我们也调整休息，按照当时的规定，周日休息可退出伙食费自己支配，大多数时候我们都是买点当地特产。中午，一名比我大的队友手拿一瓶北京二锅头来到我们宿舍，用很多过激的语言嘲讽我，并当着很多人的面对我说："你要是把这瓶酒干了，我给你磕三个头……"他的行为让我火冒三丈，但动手打架我未必是他的对手，不做出应对又会被人看了笑话，而且从此以后他会不停地欺负我。为了争口气，我从他手中夺过酒瓶一饮而尽。一斤52度的白酒下肚，胃里就像被火烧一样难受，脑袋瞬间发晕。他见状，开始装傻，不准备实现他之前信誓旦旦的赌约。我见他不想磕头，便抄起酒瓶，怒吼："今天你要是不磕头，我跟你拼命！"队友也都围了过来。那人见犯了众怒，终于跪在床上朝我磕了三个头。我心情特别舒畅，但是胃里翻江倒海，踉踉跄跄地去门口包子铺买了两屉"狗不理"包子，边走边吃。从包子铺回来后，我再也忍不住了，把食物全都吐了出来，那真是“狗不理”了。

就这样，我断断续续地吐到第二天。这是我人生第一次喝酒，第一次醉酒，第一次找回尊严。给我磕头的师兄从此改变了态度，再也没有欺负过我。

1988年夏天，山东省摔跤队扩编，男女柔道队成立。摔跤、柔道队的总教练是王祥宇，张国庆教练辞职回到了河北省保定市。我们六名队员也就成了老运动员。王教练让我担任摔跤、柔道队队长，负责近百人的伙食费、粮票收缴，入伙，退伙，购买火车票，接送站，采购等，各种突出的表现得到教练组一致好评，王教练也安排我担任陪练、助理教练等工作，成为队内的“复合型”人才。因为伤病困扰，再加上队内诸多事务需要我去落实，自1989年春天开始，我担任摔跤、柔道队专职干事，除了负责队内日常事务，还包括值班、队伍管理以及外联工作。外联就是对外联系，特别是我们运动队比赛较多，购买火车票、接送站是一项重要工作。在计划经济年代，买卧铺火车票多数要靠关系。因经常出入火车站，我建立了不少关系，也结交了诸多铁路、医院、绘画等行业的好朋友。买卧铺

2021年，父亲荣获全国群众体育先进个人，并得到习近平总书记的亲切接见。

票、进出火车站、朋友看病、看画展等都有熟人，“有事找小修”在单位成为佳话，我也成了出了名的“社会通”。我喜欢帮助别人，有求必应，当然很多时候也是打肿脸充胖子。大家想必都看过《有事您说话》这个小品，我和郭冬临扮演的“郭子”十分相似。因我负责给领导及运动队买火车票，也经常穿着军大衣，拎个小马扎，在售票厅排队，一坐就是一宿。我不吸烟，但是我的衣服兜里总会有一包香烟，在办事的时候，特别是有求于人时，先递上一根香烟，这也是那个时代的社交礼仪。

第二年春天，我的身体出现了异常，左侧腰部肿胀疼痛并伴随着呕吐。经医院检查，是肾盂积水，大夫说必须要做手术，否则左侧肾脏就保不住了。我知道自己的病情，立马办理了住院，准备手术。做手术之前必须要直系家属签字，这毕竟是一个大手术。我对医生说：“医生，我家人在海阳，来不了。”我并不想让母亲知道我做手术的事情。医生说：“叫你们单位的领导来签字也行。”到底找谁签字呢？幸亏那个时候的管理不是很严格，我自己在上面把名字签上了，随即进行了八个小时的手术。

手术结束后，我慢慢醒来，之后，麻药的药力逐渐消退，随之而来的是持续的剧烈的疼痛，肚子里像是被动物撕咬一般。我本来就属于敏感体质，根本受不了这样的疼痛。医生见状，给我打了一针哌替啶，我才感觉全身放松了。但是当我再次清醒时，那种撕心裂肺的疼痛又一次袭来，我恳求医生再帮我打一针，医生当然不会给我打。我冲医生发了脾气，将插入身体里的三管根子全都拔了出来。那位医生叫来了同时值班的医生和护士，将我用力按住，一边把管子重新插到我的身体里，一边安慰我。我至今十分感谢他们。

没有家人在身边，陪床是个问题。身体里插了三根管子（扩张管、引流管、尿管），引流管连接着液压瓶，当时还不像今天这样先进，在做完手术的前几天里，每隔十五分钟就需要翻一次液压瓶，将积液引出。当时，领导给我安排了几个十四五岁的运动员，每天给我送饭，同时也陪床看护。十四五岁的小伙子可没有那么细心。头两天，还算有人陪护，有的还是为了逃避训练。几天后，不是忘记送饭就是没人陪护，我只能挨饿。最可怕的是那个每隔十五分钟翻一次的液压瓶，我只能用脚一次次翻过来。这个过程十分消耗体力，绝对锻炼意志力和耐力。因为三根管子都粘在床上，我的身体向左转，管子就会被挤压；身体向右转，管子则会被顺带拔出，只能平躺着，像个芭蕾舞演员一样，抬起腿，绷紧脚面，将液压瓶翻过来。我大小便不能自理，只能求助于病友的家人。

关于打饭送饭，也是一样。到了后期，我已经被锻炼得开始预储预置了。我把容易变质的菜都吃完，馒头留下，放入抽屉里，什么时候这帮家伙忘了送饭，我就啃两口硬馒头。

我们八个病友共住一间病房，氛围特别融洽，我也得到了几位病友家属的照顾。他们都很同情我，有时候也会给我送饭，照顾我。

就这样，我在床上平躺了四十五天。当医生为我拔掉最后一根扩张管，我在陪护的帮助下艰难地坐起来的时候，我披着长长的头发，大口地喘着粗气，觉得自己突然长高了，并且伴有眩晕，陪护从我的后背撕下一大块蜕下的皮。在床上平躺着吃、喝、拉、尿的日子终于结束了！我的双腿因长期卧床，肌肉也严重萎缩。但毕竟是二十多岁的小伙子，身体恢复比较快，观察三天后我就出院了。

出院后的头几天，我的身体异常酸痛，这是因为长期没有运动。按照常理，这时候应该多卧床休息。可是，生活就是这样，有时候越怕什么就越来什么。

离开病床仅仅六天，我接到了摔跤队领导发布的任务，要我去北京大兴区的一个制造工厂买摔跤鞋，总共一百零七双，这些鞋都是后天比赛要用的。当天早上七点，我坐上了从济南到北京的火车，下午三点多到了北京，搭了一辆黄色面包出租车直奔厂家。师傅已经把所有摔跤鞋都清点好了，他说我们山东队买鞋买的多，就送给我们三双。一百一十双摔跤鞋，好大一堆！工厂师傅将鞋装在24寸彩电的纸箱里，塞了满满一箱。来北京前，我借了举重队朱少杰的一个大红布包，这个包从中间拉开接近一米高。我把剩余的摔跤鞋都装在了红布包里。就这样，一个24寸电视箱，外加一个大大的红布包装得满满当当。我连口水都来不及喝，打车前往北京站，赶最后一趟去济南的火车。到了北京站，司机还帮忙卸了货。我眼看着出租车走远，就剩下我和两个大家伙，这可怎么办，一个人想要搬走他俩，是个不小的工程。从进站口到售票处，我都会先扛着红包走，大概走二十步——电视箱必须在我的视线内，然后将红布包放在地上，将电视箱再推到布包

1997年春节，我与父亲。

旁，就这样一点一点地挪动它们。手术的刀口剧烈疼痛，豆大的虚汗像雨点一样往下流。我只有一个念头，按时把这批鞋安全送回济南，不能耽误比赛，一定要坚持！那个时候北京站还没有小红帽。买完票后，用同样的办法，我又把它们挪到了站台。那么大的两个家伙进了车厢，只能放在车厢上下车的过道中，也就是过去的吸烟区。反正也没有座位，都是站票，我捂着刀口和这一百多双鞋挤在了一起。每到一站我都得提前将两个大家伙挪个位置。就这样，晚上八点多我上了火车，凌晨三点才到济南。在这个彻夜未眠的夜晚，我忍着疼痛与饥饿，拖着虚脱的身体，实现了两个正常成年人都难以完成的事情。

到了济南火车站，我用同样的办法挪着两个大家伙最后一个出了站。坐着黄色面包出租车回到单位的时候我看了看表，已是清晨四点，运动员公寓楼前的大铁门紧闭。我忍着浑身的酸痛，颤颤巍巍地将所有的鞋一双双地塞进大门内，再把箱子、布包从铁门上面扔过去，最后自己用尽所有力气艰难地爬上墙，滑到大门内，落地后，再把鞋一双一双放回包里。最后一双鞋放好后，我瘫坐在地上，几分钟后，才站了起来走到花坛边坐下，盯着逐渐模糊的两个大家伙，闭上了眼睛。

也不知道过了多久，我被教练叫醒。他的嘴一直没有合上，他想象不到这么多鞋我是怎样运来的。我来不及汇报情况，流着眼泪睡着了……那次因刀口感染，我连续发烧好几天，又去住了一周院，进行了输液消炎的治疗。

运动队的日程是封闭式的，三点一线。每天除了常规业务，我有时还要负责指导摔跤和柔道队的训练，纠正青少年运动员的技术动作。当时主要是干事工作，并没有转正，也就是说，我还没有正式留在省队。留在省队当一名正式教练，是我那个时候的目标。因此，我准备专门和教练员谈这个问题。

一天，我来到了王总教练的办公室："教练，您看我干了这么长时间，什么时候能转岗呢？"教练直截了当地回答："你运动成绩不是很好，留不下当教练或领队！"我的心一下子全凉了，辛辛苦苦、兢兢业业、任劳任怨、无私奉献的我要面临着再次创业。在当时，所有人都认为：一个有成绩的运动员一定是个好教练。留在省队的人必须要运动成绩非常好，直到现在还有不少地方持这种观点。

我回到自己的宿舍，看着整整一桌训练笔记和学习资料，转过头看见满满一地的运动队后备物资，心里说不出来的委屈。那段时间我整个人都显得格外憔悴和焦虑。我最终还是重新振作了起来，此地若不留我，我也便强求不得，如果能回到烟台，也是一个较好的选择。几天后，我与烟台体委相关部门取得了联系，遗憾的是，烟台市正在成立摔跤队，教练组成员已经确定了。我翻动着我的电话号码本，本里记录的大部分都是我担任干事期间有过交集的人。随后，我与潍坊市体委的一位副主任取得了联系，我们在电话里交流得比较顺利，大概两周后，我坐火车来到了潍坊。

见到这位体委副主任后，他说了他的难处，可能是因为与主要领导意见不统一，他告诉我："我带你去诸城看一看吧，诸城虽然是一个县级市，但是你可以在全潍坊市招生，潍坊队也可以放在诸城。"虽然有些可惜，但这是个十分宝贵的机会，我想抓住它。

1991年10月，我来到诸城做了一名摔跤教练……